D1407688

L'homme en morceaux

André Ducharme

L'HOMME
EN MORCEAUX

roman

LEMÉAC

Leméac Éditeur remercie le ministère du Patrimoine canadien, le Conseil des arts du Canada, la Société de développement des entreprises culturelles du Québec (SODEC) et le Programme de crédit d'impôt du Gouvernement du Québec du soutien accordé à son programme de publication.

ISBN 2-7609-3253-2

© Copyright Ottawa 2003 par Leméac Éditeur Inc.
4609, rue d'Iberville, 3ᵉ étage, Montréal (Québec) H2H 2L9
Dépôt légal – Bibliothèque nationale du Québec,
3ᵉ trimestre 2003

Imprimé au Canada

Aimer c'est avoir mal au cœur,
mais sans le besoin de vomir.

POUDRETTE PIGALLE

À C. C.

L'auteur remercie ses premiers lecteurs, Mario Davignon et Diane Dufresne ; et Monic Robillard qui l'a guidé avec patience et intelligence dans l'écriture de ce roman.

Je ne suis pas seul en moi. Il y a quelqu'un (qui a quelqu'un en lui, si ça se trouve, qui a quelqu'un en lui, ainsi de suite, vous voyez la complication) avec une voix qui ressemble à la mienne, mais plus grave, plus chuchotée, quelqu'un qui me bouscule quand je relâche la vigilance, qui regarde par mes yeux les femmes et qui juge : « Bah, pas celle-ci, triste et teinte, ni celle-là, deux enfants, des dettes, un cancer en marche ! »

Il pense le contraire de ce que je pense, m'envoie une poussière dans l'œil ou des coliques néphrétiques si je l'ignore trop longtemps. Il m'injecte des idées quand je suis au calme, la tête vide, à regarder la peau d'un lac. Il me traite de chiffe molle, de paquet de glucides.

Nous étions pourtant d'accord pour Riva, nous avions perdu les pédales ensemble, il n'avait donc rien à me reprocher.

J'ai pu passer toute la nuit avec elle – qui m'appelait son bonimental sentimenteur et qui m'aspergeait de salive au champagne – sans qu'il vienne regarder par-dessus mon épaule. Au matin, quand elle m'a dit : « Retourne chez toi », il s'est braqué en brûlure d'estomac et m'a conseillé de lire entre les lignes : « Tu crois qu'elle est forte, elle veut se reposer sur toi. Ça va finir par finir. » Je ne voulais pas écouter les jérémiades de ce rabat-joie, toujours à finasser, à bécoter le doute, à s'interposer entre moi et la moindre petite joie. Il s'est vengé ; elle a rompu.

Nous nous appelons Rimbaud Ringuet.

« Tu m'encombres », dit Riva.

Elle a ses yeux d'angora et une manucure impeccable. À son poignet, la débauche de semainiers tient un concert hystérique. Tout ce vacarme produit par une seule femme, pense Rimbaud. Mais il dit :

« Tu n'as pas le droit. Tu ne peux pas me jeter comme un mauvais sort.

— Fais pas de mélodrame. »

Elle ne l'écoute plus, il le voit bien, appliquée à ne pas faire déborder son rouge à lèvres. Une seconde, il veut la punir : l'assommer sur sa coiffeuse-lavabo, l'achever à coups d'extincteur, puis l'incinérer. Remplir les cendriers. Elle a horreur des cendriers pleins. Il l'aime tellement.

Elle dit :

« Une dernière fois, rentre ta chemise dans ton pantalon. Ton laisser-aller me tue. »

Il aperçoit, sous le tee-shirt, la cruauté durcir les mamelons. Il rajuste sa tenue, joint les mains. Il lui chanterait un gospel.

«Je t'aime, Riva.

— Pas de poème. Ne claque pas la porte en sortant.»

Il claque des dents mais attend tout de même, dans un ballet de simagrées, qu'elle lui remette le cœur dans la case appropriée de la poitrine. D'un geste définitif et théâtral, elle lui indique la sortie :

«Va, deviens un homme.»

L'ourse polaire est déjà au téléphone, retirée sur ses terres, sa belle face à écharper, posée de trois quarts, juste dans le bon angle de la lumière du jour.

Il lâchera ses tigres. Elle le suppliera d'épargner ses ongles.

Dehors, le soleil ne capitule pas depuis des jours. Il tape raide. Une vapeur monte du sol comme une prière à la pluie. Rimbaud oublie de coiffer sa casquette, geste qu'il fait, machinalement, depuis que ses cheveux se dispersent. Elle est là, accrochée à son index, comme une tumeur. Un être vous quitte, et tous les repères s'en vont, s'enfuient les petites manies qui rendent la vie endurable : enfoncer sa casquette, en coton beige l'été, en lainage sombre l'hiver.

La canicule continue son carnage, rend les gens furieux. Ils marchent et pensent au ralenti, de la sueur dans les plis du cou. Ils bandent mollement et éjaculent chichement. La tristesse les assaille ensuite, nus sous le ventilateur du plafond, des boulettes de papier mouchoir collées sur le ventre.

Tout en évitant de marcher sur les rainures du trottoir – les superstitions sont tenaces –, Rimbaud essaie de se convaincre : « Cela lui passera. Ce n'est pas la première fois qu'elle me fait une scène. » Il crie. Une passante sursaute. Il n'a plus envie d'avancer, à moins que ce ne soit en vrillant pour s'enfouir sous terre avec ses tremblements et son insignifiance.

Une voiture le frôle, klaxonne sa rage. Il pense qu'un accident, c'est ce qui pourrait lui arriver de mieux. Il ouvre les bras : « Allez, allez, emboutissez-moi, sauvez-moi ! » Il entend tout l'intérieur de sa tête (viande, nerfs, gélatine) s'écrabouiller sur l'asphalte. Mort, il ne quémandera plus l'opinion de personne ; ne le gêneront plus les gouttes d'urine sur le maillot de bain blanc de son père ; il n'entendra plus la tête de sa sœur se fracasser.

Rimbaud twiste dans la rue. « Tasse-toé l'taon, dégage le passage ! » râle un cycliste. Mais le taon s'entête, s'égosille, avale ses larmes. L'affolement d'une sirène, des crissements de pneus, et voici que, étourdis par la chaleur, les curieux s'agglomèrent, aimantés par l'anticipation des actions possibles de l'hurluberlu au milieu de la chaussée. Mais qu'a-t-il donc à se tenir le cou ? Nous prépare-t-il une crise cardiaque ? Va-t-il se remettre en mouvement ?

« Vos papiers ! » commande le policier.

Rimbaud lève les mains en l'air.

« La bourse, la vie, mon cœur, prenez tout.

— Vos papiers, faites pas de façons !

— Sont dans mon portefeuille, servez-vous. Je l'aime, elle m'aime, mais c'est abruptement. »

L'homme en uniforme abaisse les bras de Rimbaud, lui visse une tasse en styromousse dans la main. Rimbaud ne boit que du thé, mais il siffle quelques gorgées de café, c'est tout de même la police. Il sue, pourtant l'autre lui jette une couverture sur les épaules, le secoue – « voyons, voyons », rugueux réconfort d'homme. Rimbaud ferait fondre un tube d'aspirine dans le café, puis mettrait sa tête sur l'épaule de l'uniforme.

« Matraquez-moi, s'il vous plaît. »

L'uniforme rit, ébauche un geste de mouchoir vers le nez qui coule.

« Vous nous faites une belle réputation, vous, là. Pourquoi pas un écartèlement entre deux voitures tant qu'à y être ? »

Une image de Riva interfère. Elle danse en culotte de dentelle. Tension rouge entre les tempes quand elle avance sur Rimbaud. « Ta dinde se dandine », murmure-t-elle.

Rimbaud fume, s'enfume plutôt, tirant sur la cigarette comme si sa vie en dépendait. Il tousse, se demande si cracher des mucosités devant les forces de l'ordre serait mal vu. Les yeux lui piquent, s'embuent. Incapable de fumer comme un homme. Juste bon, enfant, à inhaler des détergents. Combien de fois sa mère l'a-t-elle surpris sous l'évier de la cuisine ?

Un badaud dit : « La désinstitutionnalisation, c'est débile. » Le mot est si long, Rimbaud en a les bras qui tombent. Il se penche pour entrer dans la voiture où règnent une odeur de beignet au miel et un parfum de sac de sport. « On vous ramène chez vous. » Rimbaud enfouit ses mains dans ses poches. Ronron de la voiture. L'uniforme à son côté sent la rassurante transpiration.

Un mot énorme, fluorescent, en profite pour apparaître dans le rétroviseur: séparation. SÉPARATION. Rimbaud s'endort dans la fournaise.

Il se cogne aux angles des meubles, gagne des bleus. Déjà, tout à l'heure, il s'est ouvert le front en tombant sur la pointe en bois du canapé quand il s'est jeté sur le téléphone qui, incidemment, sonnait. C'est elle, pensait-il, elle regrette ses égarements, elle me demande de lui pardonner, de la retrouver pour dîner. Mais c'était un homme s'excusant d'avoir fait un mauvais numéro. Tête folle, doigts empotés, a hurlé Rimbaud dans le combiné. La sonnerie d'un téléphone retentit dans l'appartement d'un désespéré et ce n'est même pas une voix amie qui appelle pour déclarer: «Tu vas t'en remettre.» (Mais qu'est-ce que tu en sais, voix amie, qu'il va s'en remettre?) Il ne veut pas s'en remettre. Être avec, dans l'ombre de, motif de tapisserie, le comblait.

Il cherche les raisons pour lesquelles elle l'a éconduit, il n'en trouve aucune de valable. Pourtant, il se raisonne: qu'y a-t-il de si extraordinaire dans le fait qu'une femme demande à un homme de partir? Si on les interrogeait, les statistiques certifie-raient qu'il y a sur la planète une rupture à la seconde. Alors, finissons-en puisque c'est fini. Mais il en est incapable, là, comme ça, tout de suite, dans cet appartement où Riva n'est jamais venue.

Rimbaud pleure, et le monde entier suit son chemin en haussant les épaules. Quand ils le disséqueront sur la grande table pour l'édification des futurs psycho-logues, les spécialistes verront les trous que creuse un chagrin d'amour.

Car le chagrin d'amour est une mala-die mortelle. Il le prouvera en se gavant de bonbons empoisonnés à la cantharide. Tu-m'encombres-ton-laisser-aller-me-tue-ne-claque-pas-la-porte-en-sortant-deviens-un-homme. Qui décide de ce que doit être un homme? Riva?

Il deviendra un homme : ceinture noire de taekwando, pilote de brousse, joueur de foot, rien ne lui sera épargné.

Avant, il gravera au stylet sur le ca-pot de la berline de Riva : « Chienne, je t'aime. » Non, il barrera « je t'aime ». Non, il biffera « chienne ».

Allez, du calme, va te coucher, mon petit Rimbaud, avec un oreiller sur la tête, comme tu le fais si souvent quand tu juges la vie trop difficile.

Le garagiste a les arcades sourcilières su-
turées. Des mèches oxygénées rebiquent sur un
front large. Sa langue jongle à vue avec une
prothèse partielle amovible.

« Combien ? demande Rimbaud, mains
croisées sur le chéquier, avec le ton de celui qui
a l'habitude de ce genre de transaction.

— Un prix d'ami : dix mille dollars. Mais
on n'est pas des artistes, c'est par nos temps libres
que mon apprenti et moi on dépanne, alors il
peut y avoir des dégâts et on ne ramasse pas les
pièces disjointes.

— Qu'y a-t-il à votre catalogue ?

— Au choix : écorchement, empalement,
énervation. Ou des supplices plus fins : la
cangue, le knout, le garrot. Je fais un tarif
spécial pour la roue, le gibet et les brodequins,
mais le spectacle manque d'éclat. Compte tenu
de votre sensibilité, je conseille en apéro un
brin de flagellation, puis tout de suite la
décollation.

Depuis le temps qu'il cauchemarde
sur eux – il les a vus, à la télé, grossis un
million de fois –, les acariens ont réussi
à l'énucléer. Rimbaud est aveugle, mais,
étrangement, il voit tout de même leurs
manigances maniaques. Il sent son corps
se faire sucer, grignoter, décortiquer,

disparaître organe par organe. Il entend dis-tinc-te-ment leurs rots de satisfaction et leurs voix obscènes. « On mange ses peaux mortes, et ça sait pas dire merci ! »

Il pense à Riva, et ça l'étonne de pouvoir pleurer, vu qu'il ne reste de lui que le toupet, tel un pubis sur l'oreiller. Il ne veut pas mourir sans avoir retrouvé les paroles de l'acte de contrition ni avoir fait disparaître les objets voyants de ses pulsions cachées. Il s'indigne de sa mort ordinaire quand le réveille-matin sonne pour l'apostropher : « Hé, oh, on se lève ! »

Il s'étire, il vit, ça l'étonne.

Il annonce à voix haute les gestes qu'il va faire. Sortir du lit. Sentir le drap, là où le sexe s'est énervé. Emplir la bouilloire. Baisser le levier du grille-pain. Regarder dans le réfrigérateur. Perdre courage au milieu de la cuisine. Se doucher.

Il essaie de garder les yeux ouverts sous le jet glacé. Il a dormi quinze heures. Il dormirait encore pour écourter les journées, pour que les nuits se couchent vite par-dessus les jours. Il a le goût de crier comme quand on est devant un paysage grandiose ; pourtant il se rase.

Récuré et dégouttant sur le carrelage de la salle de bains, il y a un homme fou d'épouvante à la perspective des prochaines heures. Il se sent comme la grenouille écartelée sur la planche de bois du cours de biologie de monsieur Bitton, dont le nom faisait rire toute la classe, mais pas lui, Rimbaud, qui devait demander la permission pour aller vomir dans les toilettes.

Il pleure. Un homme qui pleure, n'est-ce pas une femme?

Pourquoi? Pourquoi? Pourquoi? Cerceau de réponses toutes faites: « Parce que c'était elle, parce que c'était moi. » « Une de cassée, dix de recollées. » « Capri c'est fini. » Il se pelotonne sur le sofa, mange des jujubes et se regarde les pieds – il n'arrive pas à dire ce qui cloche avec eux.

Il flotte comme un hologramme au-dessus de lui-même. Du plafond, il s'aperçoit, recroquevillé, qui a du mal à tenir ensemble, paupières gonflées comme un sexe après l'amour, la bouche pleine de saccharose.

Dans la salle de séjour penchent des tours de livres et s'entasse, pêle-mêle, une collection d'embauchoirs en bois, en métal, à ressort, dont il peut polir les viroles pendant des heures. Allez savoir par quelle combine du cerveau on s'attache à un objet. Embauchoir, le mot le séduit, et sa fonction l'émeut: maintenir la chaussure en forme, voir à ce qu'aucun pli n'en marque le cuir. Si Riva lui reprochait son manque de goût vestimentaire, elle n'a jamais pu désavouer le choix de ses chaussures.

Au-dessus du radiateur rouge il décroche une photo agrandie de Riva, quand elle avait sept ans. Sur le mur, les deux petites croix qu'il avait dessinées pour marquer l'emplacement des clous le crucifient, justement. Rimbaud n'avait pas cru qu'elle eût pu un jour avoir sept ans. Comme si une Riva au passé n'était pas possible. Elle est pourtant toute contenue dans ce corps mince et contracté sous la salopette fleurie. Sur la photo, Rimbaud avait écrit : *Riva varie.* Écriture illisible, une tape sur les doigts, tu seras droitier, mon garçon, même si c'est de force.

Sûr de l'écorcher, il crie : « Riva est égoïste, pontifiante, névrosée. » Elle n'a que des défauts ; comment ne pas la trouver touchante ? Il monte le volume de ses larmes. « Je l'aurais aimée sale, les ongles rongés, chauve et laide comme un gâteau de noces. » Il l'appelle pour entendre sa voix sur le répondeur – elle a demandé un numéro de téléphone confidentiel.

Il essaie de dormir à nouveau. Il veut retourner dans les bras de sa mère, pouce dans la bouche. Surseoir à la douleur qui, il n'en doute pas, va retrouver le chemin du retour. Une douleur qu'il a du mal à soutenir, encore plus de mal à décrire. « Qu'est-ce que je vais faire ? » La question le poursuit sous les draps comme une mauvaise rengaine s'agriffe aux tympans. « Me tirer une balle de 22 long rifle dans la tempe, puis me jeter aux vidanges ? » Il va écrire plutôt, mettre sa peau sur la table. Il se lève, les mots ne se pressent pas sous la plume : « Riva, reviens. » Ce sont les seuls qu'il arrive à mettre ensemble. Il veut ajouter : « ... même si c'est moi qui suis parti ».

Il est incapable de tenir debout, tapon de guenille. À part sa tête, fiévreuse, et son sexe qui pendouille, il ne possède rien de son corps. Il regarde ces jambes, ces bras, accrochés à ce tronc. Sont-ils à lui ? Il ne le jurerait pas. Il ne les sent pas. C'est un corps en capilotade – un mot que lui a appris son père, vers l'âge de huit ans. Synonymes : en compote, en marmelade.

À la gymnastique, Monsieur Tarlazzi parlait fort parce qu'il entendait mal – séquelle d'une oreille arrachée lors d'un combat de boxe dans son pays, la

Roumanie, si je me souviens bien. Un adversaire cannibale, c'est ce qu'il disait. Il me crie après, Tarlazzi, quand je suis aux barres fixes, envoyez, hue, Ringuet, on n'est pas chez les fillettes, les élèves gloussent, les moqueries roulent, hissez-vous, c'est pas des biceps que vous avez, c'est des biscottes. Il vient narguer mon inaptitude jusque dans le vestiaire. Je ne veux pas retirer mon short pendant qu'il est là, dans l'odeur macérée de pieds et d'aisselles. Je ne pense qu'à me venger en lui déplantant son oreille saine et en la dé-posant sur le porte-savon des douches où se décrassent en sifflotant les préférés de Tarlazzi qui, en cours, appuyés contre les barres des espaliers, me regardent échouer aux exercices sollicitant la puissance des bras. Je les emmerde tous, les chouchous de la terre, mon père est champion de bras de fer. Le rire de Tarlazzi éclate, la chair de poule me prend sous le pommeau de la douche et fait trembler mes dents. La prochaine fois que je viendrai au monde, je n'aurai peur de personne.

Rimbaud n'a réussi qu'une seule fois à ramener Riva au lit alors qu'elle venait de le quitter pour ses contorsions et élongations matinales. Il aimait ses hanches, y voyait des enfants se développer, plus tard s'y cramponner. Le jour où il lui a parlé de son désir de paternité, Riva l'a regardé comme s'il était un diplodocus. Elle a coupé court: « Il n'y a pas de mais... »

Elle est revenue cette unique fois, il a sucé l'anneau qui brillait à la deuxième phalange de son index. Elle est montée à la tête du lit, a levé la jambe puis l'autre, comme une meneuse de revue. Bandé comme un arc, zigzaguant sur le drap de satin, Rimbaud frisait l'infarctus, asservi au gouvernement des cuisses de Riva. Ils jouissaient en même temps, de petites ampoules chaudes leur électrifiaient la tête.

Ses livres ne lui sont d'aucun réconfort. Sa vue s'embrouille sur les pages, les phrases partent dans tous les sens. Les mots sur lesquels son regard se pose le consternent. À la récréation il s'enfermait dans les toilettes pour lire, pour se protéger du pire, pour se prémunir contre la violence du ballon qu'un traître à culotte longue ne manquait pas de lui assener au visage. Il avait fini, à force de se cloîtrer dans les cabinets par se créer de véritables crampes intestinales qui le harcèlent encore trente ans plus tard. Tremblotant sur le siège, soulevant parfois les fesses quand il craignait que les crocodiles, partis de New York et empruntant un réseau de canalisations et d'embranchements souterrains pour venir jusqu'à lui, ne montent de la cave par la tuyauterie et ne fassent irruption dans la cuvette pour voir quelle tête il ferait, slip aux chevilles.

Oui, il arrive à Riva de ramper jusqu'à lui. Elle glisse la main dans son slip, manipule le tas de glaise, le pétrit, le sculpte jusqu'à l'exposition. Elle fait exister son corps.

Pour se délester des souvenirs qui viennent sans qu'on les convie, il va écluser jusqu'au délirium cet irouléguy rouge, qu'elle aime tant et qui allume le bleu de ses yeux. Il lui en reste trois bouteilles, il va trinquer à la santé de Riva – qu'il lui souhaite mauvaise, un peu, beaucoup, pas tant que ça. Ivre comme il ne le sera jamais plus, pareil à son père quand il ne tolère plus son incompétence de père, il boira le vin qui bientôt coulera sur sa poitrine car il n'y aura plus de place pour entrer dans le gosier. Il pleurera, il urinera, il se liquéfiera et retournera à la mer d'où il n'aurait jamais dû émerger.

Il savait que son histoire avec Riva était provisoire, tout le monde devrait savoir que ça ne va pas durer, pourtant il lui était insupportable qu'elle se termine. Chaque jour il craignait le moment où Riva lui dirait : «Va-t'en», et en même temps il espérait qu'elle agisse promptement, comme on désire un châtiment, pour que se desserre le nœud dans le ventre, noué par l'appréhension de la séparation.

Il l'aimait autant qu'il avait peur de la perdre, elle l'épuisait, le colonisait, le civilisait. Tant de beauté, tant de reproches.

Rimbaud ferme les yeux. Riva mange une pastèque. Le jus coule sur ses seins. Il pleure.

Pas plus doué pour assumer un chagrin d'amour que pour changer un pneu crevé, pauvre plouc ! On chuchote dans son dos, on colporte : «Il l'a bien mérité avec ses épaules courbées et son pantalon qui boudine dans la raie.» Rimbaud est un homme beige. Une petite chose effarouchée, un fonctionnaire assidu au travail, mais sans illusions sur son utilité, rangeant crayons et dossiers le vendredi après-midi, saluant de la tête ses collègues déjà penchés sur les projets du week-end, peu glorieux mais projets tout de même qui maintiennent en vie, pliant ses chandails en trois, soignant ses cheveux avec des lotions densifiantes qu'il voit dans des brochures illustrées reçues par la poste, mangeant deux tartines au petit déjeuner, une salade de thon le soir pour bien digérer avant de se coucher, vérifiant deux fois plutôt qu'une que la sonnerie du réveille-matin est enclenchée. Indécis et sans espoir, un homme qui ne demande qu'un peu d'amour comme le commun des mortels.

Il y a cru, ce soir-là, quand la robe rouge de Riva, qui tenait par on ne sait quel prodige, l'a percuté. Sa voix, comme derrière un hygiaphone, a dit, c'est enregistré dans la mémoire de Rimbaud : « Ton sourire déchire mes sous-vêtements. » Son parfum de mûres et de musc l'étourdissait, décrispait son pénis. Elle a ajouté, il se souvient de tout : « Tu es beau comme mon chien. » Il n'a pas dit un mot, de peur de ne pas choisir le bon.

Il l'a suivie, c'était haut chez elle, la ville entrait par les fenêtres. La robe tombait toute seule, il avait la queue par-dessus la tête, le chien aboyait derrière la porte. Au matin, il l'aimait, il s'incrustait. Elle disait : « Retourne chez toi », et c'était une pâtisserie dans ses oreilles. Il voulait appeler sa mère pour claironner : « Je suis amoureux, elle a une robe rouge attachée par des anges, ses seins sont comme des enfants blonds. »

Puis clac, sans préavis, c'est une merde, il encombre, il obstrue la vue, fais pas d'histoires, merci, bonsoir.

La rancœur redonne un peu de tonus à son moral. Tu la tueras, ça te fera du bien. Nous avons tous des pulsions meurtrières enfouies à l'intérieur de nous-mêmes. La frontière est ténue entre la colère et le crime. Son chien, dans son peignoir rouge, perdra son air hautain et s'agenouillera avant de mourir.

Pourtant Riva lui manque. Quand elle promène une plume sur le filet de son prépuce. Quand elle utilise les séparateurs d'orteils pour peinturlurer les ongles de ses doigts de pied avant de les lotionner à la menthe poivrée et de les lui donner à manger.

Gros naïf qui croyait qu'une femme de trente ans n'allait sourire que pour toi.

Dans les mondanités où Rimbaud offrait la tournée pour payer de son bonheur, Riva ne le présentait jamais. On ne retient jamais son nom ; il ne possède aucun talent digne d'être remarqué. On le nie, il s'en accommode, planté au bord du buffet ou rencogné sous le porche qui mène aux toilettes.

Lors des soirées éclairées aux bijoux, où le son de la harpe amortissait le bruit des visages qui craquellent, elle établissait des liens légers avec des hommes aux tempes argentées, disposés à la fraternité, à qui elle offrait ses mains jusqu'au bout des ongles comme des promesses d'aventures dans la jungle.

Parfois, pour un rien, Riva se levait, furieuse, on aurait dit qu'une tempête s'agitait dans sa robe. Elle fendait la foule des invités comme si elle était armée d'une serpette, ceux-ci jetant leurs commentaires dans l'aire qu'elle dégageait sur son passage. Rimbaud les captait tous, pour renforts éventuels: «Cette femme est un camion avec des seins et des cils», «Il paraît qu'elle est refaite de la tête aux pieds», «Je l'ai vue ivre au bar du Monceau offrant des fellations au petit personnel», «Elle habille son chien chez mon fourreur», «On dit qu'elle s'est débarrassée de son ami, un spécialiste du cerveau, en le menaçant d'un poignard», «Je me la ferais bien, moi». Riva plaisait aux deux sexes. Elle n'était plus là, ils la regardaient encore, son halo déposant sur les épaules une poudre de sensualité.

Rimbaud était confit d'admiration, son pénis fier comme Artaban, qui avait envie de dire à ces hommes et à ces femmes riches et rêches : « Elle est à moi. »

Dans le hall de l'immeuble où habite Riva, le concierge remballe aussi sec son sourire clinquant comme sa gourmette. Il porte comme toujours son costume trois-pièces double boutonnage. Son nœud papillon est de travers, ses cheveux trop noirs. Il a un peu forcé sur la substance colorante qui s'est émancipée en éclaboussures sur le front et les joues.

Quand il attendait Riva certains soirs, Rimbaud engageait une partie de Scrabble avec monsieur Jean qui pratiquait une orthographe hasardeuse qu'il n'osait pas réprouver. Vaut mieux avoir de son côté un homme qui possède les clefs de l'appartement de sa bien-aimée.

« Vous êtes une personne *non gratia*. J'ai la consigne de ne pas vous laisser vous approcher de l'ascenseur. Mais j'ai quelque chose pour vous. »

Il lui tend une enveloppe, puis s'en retourne vers sa loge sur ses jambes courtes, sa main derrière la tête mimant un vague au revoir.

Rimbaud sent les larmes venir, mais il n'est pas dit qu'il ne va pas se soulager un peu :

« Sachez une fois pour toutes que zinnia s'écrit avec deux n, que yack prend un c et que le mot xylome n'a jamais existé ! »

Il est trop tard, comme toujours, monsieur Jean n'a rien entendu, c'est sûr.

Jambes écartées, mains sur les hanches, Rimbaud crie comme un brûlé. Les voisins frappent sur les murs. Dans l'enveloppe, il a trouvé des cheveux, des poils, des rognures d'ongles, et un message : « Ça t'appartient. »

La secrétaire de Riva, Perrette Ricard, l'avait dit à Rimbaud sur le ton qu'elle aurait adopté pour lui révéler un secret d'État : quand sa patronne lisait un rapport sur le mauvais rendement d'une succursale de sa chaîne de restaurants, elle déposait ses lunettes argentées puis se pinçait les sourcils pour mieux masser la colère qui la soulevait comme une nausée et qui explosait en maculant les murs. Rimbaud voyait la suite comme s'il était sur place : du garçon qui lui apportait un café, il ne restait que les chaussures et quelques poils épars, le reste ayant été emporté par l'ouragan Riva. « C'est comme ça qu'on l'appelle à la cantine », précisait mademoiselle Ricard.

Quand les foudres de Riva éclataient, Rimbaud, fesses serrées, s'appliquait à éviter ce qu'elle ne manquait pas de lancer — escarpins, chien-chien en bronze, nécessaire à manucure — au travers de la pièce. Un instant, il imaginait qu'une intromission violente sur le piano à queue pouvait agir comme un sédatif sur sa rage, mais le bon sens lui suggérait plutôt de la dépassionner avec une douceur qui frôlait l'obséquiosité. Seules les gifles qu'elle lui administrait, main baguée, pouvaient la ramener au calme. « J'étais un bébé bleu, disait-elle pour se disculper. On m'a battue pour me ramener à la vie. »

Elle s'apaisait, professait : « Qui s'excuse s'accuse. » Les joues de Rimbaud se désempourpraient, son sexe rougissait, l'avenir était rose. Mais Riva réintégrait le corps de Riva et la Terre se remettait à tourner.

On a trouvé le corps de Riva S. dans une poubelle, les jugulaires sectionnées par un cutter. La peau du visage comme un mur desquamé. Les ongles frais faits. Le meurtrier court toujours.

Rimbaud se regarde dans la glace. C'est une bouffissure. Riva disait : « Tu es ma mignardise. » Il ne trouvait pas le mot viril. Elle riait, franchement, dévoilant une incomparable denture.

Il examine la brosse à dents aux soies ébouriffées posée sur le lavabo. Ça ne se peut pas que la vie ne soit que ça : de l'agitation, de la jalousie et des gingivites.

Riva avait avisé : « Chacun son appartement. Partager est un verbe passif. Une relation dure plus longtemps quand on ne se voit pas tous les jours. » Elle ne venait pas chez lui, il n'était pas tout à fait lui-même chez elle. « Pas de rasoir dans la salle de bains, pas de chemise dans le placard, je ne peux rien, hélas ! contre les odeurs pour l'élimination desquelles tu devras tout de même faire un effort. Pas tes livres de psychologie... Mauvaises ondes. »

Elle ne lui a jamais posé une seule question sur son travail. « C'est ton corps qui me plaît. Pas ce qu'il y a d'alambiqué

dans ta tête. » Il riait, bien sûr, excité jusqu'au scrotum. Elle ne posait d'ailleurs jamais de questions. C'est qu'elle connaissait
toutes les réponses, il l'avait constaté. Elle
disait : « Tu es ma plus longue liaison. »
Quand la douceur arrivait, il n'avait pas
assez de langue pour humecter jusqu'à la
folie l'ourlet de son oreille.

En souvenir de ses cours d'esthéticienne abandonnés pour l'entreprise de
bœuf mariné fumé héritée de son père,
Riva lui déracinait les comédons sur les
ailes du nez et arrachait la casquette
blanche des boutons. Elle épilait à la cire
le bandeau de poils au-dessus des reins. Il
criait, il l'aimait.

Riva est insinuée dans chaque recoin
de sa peau.

Le *Stabat mater* de Pergolèse monte
jusqu'au plafond. *Cuius animam gementem /
Contristatam hac dolentem / Pertransivit
gladius*. Rimbaud scande : « Riva a l'air
d'un clown quand elle jouit. » Le slogan le
détend. *Paradisi gloria, Amen.*

Il se sent brusquement ridicule de
connaître ce *Stabat mater* par cœur – tu
n'es pas le seul, mon vieux, si tu savais tout
l'inutile auquel un homme s'attache –,

quand il ne connaît même pas les raisons qui ont poussé Riva à l'éjecter de sa vie. Pas plus qu'il ne connaît les règles du football, un seul mot de l'œuvre de Schopenhauer ni l'art de subalterniser un plus petit que soi.

Il sait, par contre, que Riva possède dans le tiroir de sa table de nuit un go-demiché en forme de labrador. Un jour, elle a placé l'animal à l'orée de l'anus de Rimbaud que la violence du plaisir a effrayé.

Jamais, après la jouissance, il ne s'est endormi, pas même assoupi, tout occupé à la contemplation des corps étanchés.

À côté du lit où Rimbaud décline comme le soleil à travers les carreaux sales, sa mère est assise bien droite, sac à main sur les genoux, comme lorsqu'elle atten-dait à la gare l'appel de départ du train pour se rendre en ville dans les grands magasins, afin de renouveler la garde-robe de son fils, beau comme une fille et qui poussait comme de la mauvaise herbe. Lui, la joue sur la vitre froide, regarde défiler le paysage qui disparaît aussi vite qu'il vient frapper à la fenêtre du wagon. « La vie file rapidement », dit la mère aux passagers du compartiment, en recoiffant son fils de la paume de la main – geste qui déplaît au garçon autant que d'entendre sa mère engager la conversation avec ces gens, qui s'y soustraient comme ils peuvent, en se mettant le nez dans un magazine qui donne les recettes du bonheur matrimonial.

« Papa t'embrasse même si ça ne va pas fort, le docteur est pessimiste, ton père dit qu'il a toujours su que Riva avait un grain quelque part. » Il fait un temps de colle, mais sa mère garde le cardigan Saint Laurent que Rimbaud lui a offert pour ses soixante ans « et des particules ». « Allez, maman est là, évacue ta grosse peine, mon Gaétan. » Rimbaud dit merde, depuis le temps tu aurais pu apprendre mon prénom, puis retourne à ses humeurs liquides. La mère ose : « Un titre de film comme prénom, c'est idiot », attend une réaction qui ne vient pas, et enchaîne : « Tu sais, Dorina ta tante, on ne se parle plus, déjà que pour me donner la main, elle ne voulait pas enlever ses satanés gants à laver la vaisselle, passe encore pour les autres, mais moi, sa propre sœur, elle dit que toucher la peau directement la fait vomir, je ne me suis pas obstinée, je ne voulais pas voir cela, avec son alimentation micro ou macro quelque chose, des choses que j'ai jamais vues, et des couleurs, dors-tu ? » Il a envie de lui demander comment veux-tu que je dorme, tu parles tout le temps. Il lui accorde une reniflette de présence. « Des gants en latex, des gants de vaisselle, déjà que deux sœurs qui se donnent la main, c'est pas très familial, moi qui l'ai changée de couche... » La mère s'attrape un bout de la robe de chambre de son garçon pour s'essuyer les yeux. « Pleure, pleure, maman est là. » Elle et lui se réconfortent, comme on met une casserole de lait sur le feu.

Tante Dorina définissait la noirceur : la robe, les cheveux, les yeux, le chapelet. Servante de curé, « rien pour arranger les choses », disait papa. Maman portait une mini-jupe claire, un chemisier à pois, des bottines roses. Elle fumait des cigarettes provocantes, sentait l'amour charnel. Le parquet du presbytère crissait sous son poids joyeux. Tante Dorina lui adressait un regard sombre, se laissait embrasser par papa, ébouriffait nos cheveux, à ma sœur et à moi, puis glissait sur ses patins de feutre jusqu'à la cuisine où elle allait chercher l'arbre généalogique qu'elle tenait chaque fois à montrer à celui qui en hériterait, c'est-à-dire moi, « tu as des aptitudes, tu fais des études ». Je l'imaginais commettre sur sa route le suprême péché mortel : enfoncer un crucifix dans le ventre plein d'hosties d'un abbé missionnaire, le fignoler à coups de patène, recueillir son sang pour le calice.

« J'ai enfermé le quêteux dans le placard de confitures avec une couche de paraffine sur la tête », se contentait de dire ma tante qui n'avait que deux dents.

Le curé Vaucaire formulait des phrases qui s'étiraient jusqu'au bout de la paroisse, en suçant avec application les menthes que mon père, directeur d'une usine de bonbons, ne manquait pas de lui fournir dans de gros sacs de papier kraft. Maman riait dans la salle de couture, ma sœur Gaétane faisait ses minauderies habituelles sur les genoux de papa ou mangeait ses gales après les avoir examinées consciencieusement.

L'après-midi penchait, Dorina donnait le signal de fin de visite en s'éventant avec une pile de feuillets paroissiaux. Une odeur de muscade et de fougère mouillée collait aux vêtements, les boissons gazeuses avaient laissé leur cerne de sirop dans le fond des verres.

L'auto avait cuit au soleil. Par le rétroviseur, maman nous envoyait des baisers incarnats à Gaétane et à moi. Elle posait sa main sur la cuisse de papa dont la chevalière brillait sur le volant.

Tôt, je me suis mis à attendre ce qui ne viendrait pas.

Ma mère ne savait pas le bénédicité et allait aux offices religieux pour montrer ses toilettes sous les airs pincés des voisines. Elle avait l'air d'une actrice américaine avec son grand chapeau en satin mauve orné d'une longue plume blanche. Mes parents n'étant pas plus catholiques que le pape et ayant la foi une fois sur deux, quelques messes du dimanche me furent même épargnées. Mais un matin, au-dessus de mes œufs, j'ai entendu la petite voix («Entre dans les ordres») qui m'appelait chez les élus. Dans ma chambre, je célébrais la messe sur un autel garni de tous les accessoires – tabernacle, calice et ciboire – et je tirais les cheveux de ma sœur quand elle ne voulait pas communier trois fois par jour, après s'être confessée et acquittée de pénitences pour l'invention desquelles j'exerçais ma créativité. Ma mère m'aurait montré ses seins pour me dissuader d'embrasser la prêtrise. Elle n'a pas eu à s'exposer, la petite voix s'est tue d'elle-même. Quand le sperme a commencé à m'inonder le ventre, j'ai abdiqué ma vocation.

Rimbaud enregistre sur vidéocassette son amour pour Riva. Il essaie de ne pas ciller, même si les larmes tombent sur ses genoux. «Je t'aime Riva, Riva je t'aime. Je tu nous. J'aime toi Riva, Riva t'aimer je moi.»

Ce prénom-là. Riva. Rivage. Rivale. Sa façon de se construire avec la main un palmier de cheveux sur la tête, de caresser la nappe avec la paume, de lancer des bordées d'insultes en architecturant un bouquet, de mettre les hommes en demeure par la seule injonction de son odeur en flottaison, de leur mentir en les regardant mieux que jamais dans les yeux.

Riva disait à Rimbaud : « Je suis libre », et elle partait, jupe comme une main aux fesses, chaussures vertigineuses et sac en bandoulière. Le regard d'hostilité qu'elle lui jetait quand il essayait de la retenir. Alors, Rimbaud consentait aux amoindrissements. Il était prêt à tous les arrangements pour ne pas se retrouver seul.

Droguée aux médicaments versés dans un verre d'irouléguy rouge, noyée dans la baignoire, saignée aux veines, dépecée, puis cuite au four et répartie dans les sacs à main dont elle faisait collection, Riva est belle en petits morceaux, calme et sans manières.

Rimbaud regarde des photos. Curieux qu'il soit toujours hors champ, escamoté ou flou, ou de dos, ou avec une pastille dans les yeux. Riva, elle, toujours parfaite, souveraine. Pas une ride quand elle sourit, jamais de cheveux dans le visage. Il regarde Riva et il pense que sa beauté contient toute la barbarie du monde. Il déchire une photo, ressent un bref soulagement. « Rien de toi ne m'est jamais devenu familier. Je suis resté sur le bord de ta vie. » Ça lui fait du bien d'en dire du mal, « terroriste, nazie », ça déchaîne les larmes qui sortent en cortège au moment où le soleil se fraie un chemin à travers les tentures.

Avant Riva, la vie avançait, ne laissant que de minces choses sur son passage. Rimbaud marchait, s'asseyait, mangeait, épaississait. Il voyait des gens, se rassurait de désodorisant, discutait sans trop y croire. Il mentait, inventait, affabulait, remuait les lèvres pour donner un sens à sa vie.

Il rencontrait des filles sans consé-quence, ricaneuses aux tailles de sablier, avec qui il échangeait des fluides. Au lit, c'était un expert. Il savait faire briller leurs yeux. Mais la séduction, la conversation, tout ça, ce n'était pas son fort.

Sorti des draps, il s'éteignait, les yeux des filles aussi. Il redevenait nul sous tous rapports. Inexistant. Une lavette, avec les cheveux qui décampent.

Il n'avait jamais écrit de lettre d'amour, allumé de bougies pour dîner. Il ne s'était jamais coiffé avec autre chose que les doigts. Il n'avait jamais pris, par imprégnation, les modulations de la voix aimée, jamais partagé un tee-shirt, jamais envisagé de mariage à Venise.

Quand Riva est arrivée, les clichés et les mots tout cuits sont sortis de leur cachette. Il a gravé sur la peau d'un chêne les initiales R et R lovées dans un cœur. Son corps, anthracite, a pris des coloris. Il était tendu, elle était moite, l'amour allait durer toujours.

Elle l'emmenait sur des bateaux somptueux, sur les toits des maisons, sur des lits gigantesques. Elle buvait des liqueurs vertes et bleues. Elle dévoilait une lingerie compliquée. Elle passait sa langue sur les dents. Avant de se coucher, elle embrassait le taleth et les téphillim de son père. Elle.

Sa mère, nouvellement rousse – le contour de sa bouche, fraîchement épilé, rougeoie –, reparaît dans la chambre d'où il ne veut pas sortir pour se remettre à vivre. «Tu ne fermes jamais ta porte à clé? on rentre chez toi comme dans un moulin, faudrait aérer tes draps, ça pue le vieux garçon ici, mets-toi en colère, pleure pour quelque chose, te rends-tu compte que ta tante a pris un numéro de téléphone confidentiel, manges-tu au moins? pleurer fait maigrir, il faut que tu équilibres avec un supplément de protéines, m'écoutes-tu? il y a bien plus grave que ta peine d'amour, ressaisis-toi : ta tante va mourir et je ne le saurai peut-être pas, pourquoi tu te fais pas une nouvelle petite amie? mais arrête de pleurer, renifle un bon coup et remets-toi sur le marché comme vous dites, attends pas d'avoir cinquante ans et de t'attarder aux petites filles qui ont les seins fermes mais le cerveau flasque, je vais m'occuper de te trouver une substitut ou quelque chose comme ça, fais-moi confiance, Gaétan, excuse... Rambo, tu parles d'un nom, me trouves-tu acariâtre? ton père, dont la peau jaunit on dirait, me sort des mots parfois! je ne suis jamais allée en vacances toute seule dans un de ces clubs où tu peux tout payer avec un collier : cela fait du bien aux hommes quand on leur manque un peu, comment peut-on désirer quelqu'un qui est toujours là, le désenchantement conjugal combiné à trop de sucre accumulé, c'est mortel, je ne dis pas ça pour ton père, c'est pas de sa faute, mais Riva se plaignait-elle de toi, de tes agissements dans la couchette ? »

Sa mère rit. Rimbaud a soudain l'impression d'écouter une otarie. « Ton père demande toute mon énergie, il faudrait une infirmière à la maison, et ta tante occupe tout mon esprit, mais il me reste du temps pour toi, maman t'aime, et papa aussi, bien sûr. »

Elle n'y manque jamais – à Noël et à mon anniversaire –, ma mère m'envoie une carte de souhaits où, sous les vœux imprimés, Heureux anniversaire, ou Joyeux temps des Fêtes, elle signe « Ta mère Lumina ». Sous ces pattes de mouche, mon père, de son écriture soignée, ajoute « et ton père Valmont » et plie en deux un billet neuf de cinquante dollars. Je ne m'habitue pas. La tristesse me rentre dedans quand j'ouvre l'enveloppe et que la coupure rouge tombe à mes pieds.

La porte claque, l'odeur de sa mère reste en suspension au-dessus du fauteuil club. Rimbaud pense que chaque jour que sa mère flétrit, la beauté de Riva s'altère.

Nu, il se sent inutile, sans fonction ; juste un pollueur. Il regarde son pénis, ce despote douloureux. Il ne manque pas de prestesse dans le poignet. L'éclaboussure safran dans sa main l'apaise comme une veilleuse dans la nuit.

« Je t'aime comme je peux », lui déclarait Riva. Il en avait les larmes aux cils. « Tu as des cils de fille », constatait-elle. Elle écartait les jambes, il faisait des petites flambées dans son ventre. Elle disait : « Mon louveteau. » Il disait : « Mon totem. » C'était l'amour.

« Je t'emmailloterai pour te transformer en momie », lui répétait-il. Parfois elle riait.

Elle ne rira pas, c'est sûr, quand il viendra lui faire payer de l'avoir traité d'insortable et d'avoir dit, un jour : « Cet homme ne m'accompagne pas. » Il le sait, la vengeance est le dessert des faibles.

Elle ne pourra pas l'accuser cette fois de manquer de courage. Car il en faut pour tuer quelqu'un. Elle l'implorera de dépecer son chien, à la place, elle en appellera à son reste de civilité. Le meurtre ne rencontrera pas ses critères esthétiques. Ça sera moche et trivial, une matière repoussante sortira de son corps. Elle deviendra l'héroïne d'un fait divers : *Elle le quitte. Il en souffre. Il la tue.* On lui assignera, à elle, le cahier des charges, on lui trouvera, à lui, des circonstances atténuantes. Les articles s'émouvront pour lui. Sur les photos, il pleurera, tandis qu'elle saignera sur la moquette épaisse. Elle écumera de rage, car les femmes rechercheront la compagnie du meurtrier. Un assassin par amour, poussé au crime par une passion invincible, est toujours pardonné.

« Madame n'est pas au bureau ce matin. Elle suit des cours de natation à la piscine Fleu..., pardon, je n'ai pas le droit. Elle m'a priée de vous demander de ne plus la relancer jusqu'ici. »

Perrette Ricard est entrée au service de Kurt Schwartz Steinman en 1962. Elle traitait son courrier, gérait son agenda, chassait les importuns. Monsieur Steinman lui parlait de sa fille Riva pour qui il envisageait une carrière d'avocate ou d'actuaire. « Une marchande de poudre... une esthéticienne, y pensez-vous ? » Il s'emportait, mademoiselle Ricard ajoutait un sucre dans son café.

Monsieur Steinman lui avait légué sa plaque nominative, «K. S. Steinman, président-fondateur», avec des lettres en or. Elle l'avait montrée à Rimbaud avec la même fébrilité émotive que si elle lui avait laissé voir sa culotte.

Perrette Ricard venait avec l'héritage de mademoiselle Riva. Interdit de la congédier; le notaire l'avait spécifié.

«Je suis désolée de vous faire pleurer. Vos roses sont magnifiques.» Rimbaud les lui donne. Bouquet d'épines.

L'eau de la piscine Fleurie est chaude, tout le monde a pissé dedans, pense Rimbaud qui, camouflé sous le plongeoir, regarde le maître nageur, vingt ans à tout casser, le corps sûr et tendu, adresser un sourire plein de dents à Riva, la bronzée abandonnatrice. Elle sautille vers le vestiaire en prenant bien soin de laisser tomber en chemin les bretelles de son deux-pièces dévoilant de petits os attendrissants. Le chlore lui chauffe les yeux, mais Rimbaud n'a besoin de l'aide d'aucun irritant chimique pour pleurer. Il tente sous l'eau de se cacher pour toujours, mieux, de se noyer.

La main de son père l'accroche violemment par le maillot, arrache le bâillon de varech qui lui barre la bouche. Le soleil lui brûle les yeux, son corps, vert, pue la charogne. Il rend de l'eau par tous les orifices. Presque déçu de revenir à la vie, il entend les cris des enfants, aperçoit la bouche gigantesque de sa mère.

C'est un poids plume dans les bras de son père, qui le ramène vers la grève. Les bras de son père, la voix de son père, la poitrine de son père, les poils de son père, et ce bercement qui devrait durer toujours. Rimbaud n'a jamais été aussi proche de son père que cette fois-là. Il a compris les liens du sang, l'égoïsme et l'amour. Il a voulu se noyer la semaine suivante mais son père n'est pas venu.

Toutes les fois que j'ai voulu me noyer, mon père n'est plus jamais venu.

Parfois, écolier, dans l'unique but d'inquiéter ses parents, de jauger leur amour, il empruntait de longs détours pour se perdre avant de rentrer à la maison, guettant le danger derrière les haies, porté par une envie irrépressible de se souiller. Mais vite il renonçait à la providence, ne consentant à la dernière minute, en guise de péage de sa pleutrerie, qu'à se frotter les jambes sur ce qu'il espérait être de l'herbe à poux.

Il finissait par regagner la maison. Le lait avait suri sur la table, sa mère pleurait dans son tablier, son père donnait des coups de poing sur le téléviseur pour «déblayer la neige».

Le garçon de bain a posé sa main sur le ventre de Rimbaud. «Ça va, monsieur? Vous avez perdu conscience. Heureusement, je vous avais à l'œil. Moi, c'est Manuel.» Rimbaud est assez conscient pour se rendre compte de l'érection qui interroge son maillot. Il se lève d'un bond, enfile ses tongs à l'envers. Il cache sa maigreur blanc-manger dans le drap de bain orangé. Il ne peut réprimer un gaz, mais chantonne pour l'amortir. Il est faux, il a honte, il gambade comme un gamin fané. Il se concentre, se conditionne: «Faut pas que je glisse, faut pas que je glisse.»

Rimbaud pense à tout ce qu'il faut d'eau pour constituer un homme. Il écoute la pluie, attendue depuis des jours, il peut même la regarder: des gouttes grosses comme des sauterelles mitraillent les vitres et empiffrent les gouttières. Dans la rue, des gens, bouche ouverte, se déshabillent comme pour une douche inespérée.

Tout ce qui coule émeut Rimbaud. Il essaie d'ajuster le rythme de la pluie à celui de ses larmes. Et un souvenir de Riva, belle et enragée, lui baratte le cœur. Ils s'étaient fait prendre presque nus lors d'une tentative de pique-nique. Les maringouins aimaient Riva, Rimbaud aimait Riva, Riva ne s'abandonnait jamais complètement. Quelques minutes avant, le goujon s'accrochait à l'hameçon, le vin rosé trempait son cul dans la rivière, il faisait un soleil exquis, après c'était le déluge. Ils n'ont pas pris le temps de remettre leurs vêtements avant de courir vers la voiture. Riva a eu le rhume, Rimbaud a été privé de ses humeurs pendant une semaine. Elle avait fait une scène quand l'orage avait éclaté. Rimbaud s'était senti chicané, humilié. Il avait pris sur lui la responsabilité du mauvais temps.

Quand il ferme les yeux, il voit, couchée au fond d'une barque, la chemise rejetée, Riva qui tapote l'eau, le regard nomade, la tête ailleurs. Impératrice.

Il ouvre les yeux, l'averse a cessé. Où est passée l'eau? Bue d'un trait par le sol qui fendille à nouveau de soif, siphonnée comme s'il n'avait jamais plu.

A-t-il plu? se demande Rimbaud.

Ai-je plu? Plairai-je encore?

« Homme qui pleure cherche consola-
trice. » Ainsi libellée, la petite annonce a
l'avantage de ne pas coûter cher. Sa mère
a tout organisé : grosse cafetière, biscuits
secs, effluves de pot-pourri, musique su-
ceuse. Elle a mis de l'ordre dans l'appartement de son fils, fixé les rendez-vous : vingt
minutes, pas plus, c'est assez pour se faire
une idée. Rimbaud flotte, l'air lointain, les
mains à plat sur les cuisses.

La première, aux nattes grises, s'appelle Bobinette. Les cercles de sueur sous
ses aisselles émeuvent Rimbaud. Sa voix
est douce comme une nourrice. « Pauvre
vous ! Vous avez donc bien les cils longs.
C'est normal, avec toute l'eau que vous
leur donnez. Ça pousse les poils. Les
miens, mon mari me les a retirés un à un.
Ça le faisait jouir. Puis un jour je n'ai plus
eu de poil et du coup plus de mari. Je me
ronge les ongles, ça vous dérange ? J'ai
beaucoup d'autres qualités, laquelle vous
voulez savoir ? J'ai aucune expérience
dans la consolation. Le mot me donne
des frissons dans la colonne. C'est bon,
ça me stimule. Quand voulez-vous que je
commence ? Où je m'installe ? Allez-vous
vraiment toujours pleurer ? Y a pas un
livre de records que votre exploit pourrait
intéresser ?... »

La deuxième a les yeux qui rigolent, les dents mal rangées, les ongles des pieds en couleurs. « Faut-tu que j'enlève quelque chose pour te consoler ? Je préfère le haut si tu me donnes le choix. »

La troisième agite sa médaille de Fatima et se concentre, mandibule en mouvement perpétuel, sur sa gomme à mâcher. Rimbaud pense : « L'attendent des crampes aux articulations du maxillaire inférieur qui vont provoquer des céphalées débilitantes. » Elle dit : « Ça marchera pas. Je te trouve pas beau. Y a de quoi pleurer. C'est drôle j'y crois pas à tes larmes. C'est comme le sang au cinéma, du toc. Tu pleures du chiqué. Pour qui tu me prends ?... »

Le quatrième a des rouflaquettes et les bras tatoués. « C'est beau un homme qui pleure. C'est pour ça que je suis venu. C'est sûr, je ne m'appelle pas Paulette, mais je suis capable de réconforter. Arrête de pleurer, et dis-moi si je reste ou si je sors ?... »

Rimbaud lâche à sa mère, qui lui tapote l'omoplate comme si elle espérait un rot : « Tes petites annonces, c'est une farce. » Pourtant il pleure. Sa mère aussi, par contagion.

La propriétaire de K. S. Steinman a été dé-
bitée à la scie mécanique, amalgamée au bœuf
fumé et servie en sandwiches. Des clients abusés
intentent un recours collectif.

C'est décidé : Rimbaud va pleurer jusqu'à la sécheresse suprême, curer le fond
de sa douleur, vomir le sang derrière les
larmes, puis creuser encore pour que
coulent à jamais les morceaux de chair,
les débris de l'enfance, le base-ball forcé
à l'école, les dimanches après-midi quand
le cœur se coince à la fenêtre, la soupane-
supplice des jours de semaine, l'effroi des
premières masturbations, l'odeur d'encens
et de sapin, la fin des classes, les bretelles
d'un cartable, l'index entre les fesses de
sa sœur, un sac de billes, des noyaux
de pêche, tant de livres, un tire-pois, des
vis dans la poche.

Il jure de ne pas se relever avant d'atteindre le fond de la citerne des larmes.
Mais le téléphone sonne. Si c'était Riva ?
« C'est maman, sais-tu ce que ton père
m'a dit ? il paraît que les Anglais riches
du XVIIIe siècle ou quelque chose comme ça
installaient dans le jardin de leur domaine
des vieillards vivants qui servaient d'ornements ?, il m'a dit qu'il me verrait bien

entre deux massifs de rhododendrons... c'est une blague, voyons!, même ça, ça te fait pas rire?, tu étais si beau, enfant, toujours derrière la vitre, dehors te faisait peur, c'est pour ça que tu bégayais il paraît, comment te débrouilles-tu?, j'ai appelé à ton bureau, les filles ne savent plus quoi inventer, me dire à moi, ta propre mère, que tu es en vacances ou en conférence en Suisse!, je ne mange plus de bœuf fumé par solidarité, dis-moi que tu m'aimes, ton père ne veut plus mettre ses dents, et ta tante m'envoie des lettres anonymes me demandant de la laisser tranquille, qu'est-ce que j'ai bien pu lui faire? va-t-elle me faire payer toute ma vie d'avoir été l'aînée?»

Rimbaud revoit sa mère dans la trentaine: yeux bleus, cheveux blonds, ongles rouges – dansant avec lui, petit, petit, agrafé à sa taille, les pieds touchant à peine le sol; le nez enfoui dans le coffret mystérieux, sous le fouifoui de linge, il humait les odeurs de violette et de désinfectant. «J'aurais tout fait pour toi, maman.»

La mère de Riva avait un trou dans la mâchoire qui faisait communiquer la nourriture avec le nez. Elle remontait ses cols jusque sous le menton. Un jour, a dit Riva, la porte de sa chambre à coucher est devenue infranchissable, les doubles rideaux bloquant la lumière. Ses funérailles furent grandioses. Le repas fut décortiqué dans le journal.

Riva dit: « Pas terribles, tes ciseaux! » Rimbaud s'applique, découpe tant bien que mal la carotide. Clic, clouc. Il est rouge comme une bite, elle rit comme une malade. Puis son cou fait crac.

La ville sent le goudron fondant. Là-haut dans le ciel, la crapule ne lâche pas prise. Pas de vent, l'air est immobile. Même l'ombre a goûté à la langue du soleil, pas moyen de se rafraîchir sous aucun feuillage. Sur l'herbe, dans le parc, la jeunesse s'embrasse à pleines mains. Rimbaud n'a rien à faire de tout ce bleu sur sa tête. L'été lui fournit déjà son lot de remords et de regrets. De temps en temps, il s'éponge les yeux derrière ses lunettes noires. « Qu'est-ce que je vais devenir? » Rien de plus que ce que tu es déjà, mais en plus froissé.

Il s'assied sur un banc où la peinture s'écaille et sur le dossier duquel un canif maladroit a esquissé un cœur. Combien d'amants, de futurs hypocrites se sont palpés sur ce banc ? Méfiez-vous, qu'il veut leur dire, index pointé, aux amoureux du monde, la rupture est en marche dès la première rencontre. Ne dites jamais : nous. C'est un pronom cassable.

Tout s'embrouille dans sa tête. Il n'arrive pas à immobiliser l'une des pensées qui se pressent sous ses cheveux. Il souhaiterait qu'elles expirent toutes et le laissent seul sur ce banc, à la merci des taons.

Il a lu quelque part : « Devenir clochard c'est une tentation permanente, l'envie de tout envoyer en l'air, c'est une forme de refus social et affectif. »

Rimbaud clochard ? C'est Roman qui rirait. Il rit toujours.

Rimbaud envie la mouche qui tombe dans le bol de café de son ami. Elle s'affole, invoque le Iahvé des insectes volants, produit de curieux déchets. « Tant pis pour toi, ma cocotte, je t'avale sans cérémonie. Mes excuses à ta race. » Il s'esclaffe, Roman, puis avale la boisson cul sec. Ses yeux rouille s'effilent.

Roman rit. Il n'a plus de jambes, il vit dans une brouette de luxe motorisée. Les femmes viennent, bonnes samaritaines, lui collent des sucettes dans le cou, lui montrent leur chapelle parfumée. Parfois, le cul-de-jatte les photographie, leur propose une épilation pubienne ou un cunnilingus. «Jambes mortes, queue forte», a-t-il coutume de dire.

Comateux, Rimbaud trouve la force d'articuler:

«Entre elle et moi, il y avait tant de différences.

— Riva et toi n'avez jamais eu les idées connexes. Vous n'avez fait que vous juxtaposer un moment. Ce qui te manque, c'est pas elle, c'est les excès qu'elle te faisait vivre. Elle a fait son possible. Elle a aimé la part de toi que tu laissais aimer.»

Rimbaud pleure en regardant les doigts de Roman, saucisses poilues.

«N'astique pas ta peine, Rimb'. Que dirais-tu d'un cocktail antidépresseurs-somnifères-neuroleptiques? J'ai tout ce qu'il faut, mets tes souliers à bascule. T'es trop sensible, t'aurais mérité d'être une femme.»

En ne dormant pas, Rimbaud grippe la mécanique des bêtes enfouies dans les placards. S'il était attentif, il verrait le chiendent envahir les interstices du parquet. La petite intendance de la nuit descelle les verrous qui emprisonnent les peurs et les secrets. Les ombres sur les murs s'impatientent, inoculent dans les cerveaux des pensées prémonitoires : « Un jour tu casseras tout. »

Rimbaud ne dort pas, lui qui ne savait faire que cela. Il y a du bruit à l'étage du dessus. Les Cornillac sont pourtant sortis, emmenant avec eux, pour une fois, leur fille. Pour chasser ses hallucinations auditives, il imagine Riva dans un pyjama en pilou, à genoux au pied de son lit. Elle joue le texte qu'il lui a écrit. C'est une grande actrice. Elle le supplie de revenir à ses côtés :

« Promis, je ne recommencerai plus. Tant pis pour mon rimmel, je m'attendrirai quand tu me raconteras ton chagrin de voir, enfant, le sapin de Noël, encore parcouru de glaçons d'argent, perdre ses aiguilles sur le bord du trottoir. Je ne te traiterai plus de chochotte ou de lopette parce que tu pleures. Tu me prendras à la hussarde.

— Tu me combles, dira Rimbaud.

— Ma colombe ! » répondra Riva.

Rimbaud ne dort pas. Un oursin métallique lui vrille la cervelle. Il a envie de manger de la compote en petit pot, de mettre du sucre dans sa bouche. Sur la table de nuit s'empilent des catalogues de légumes anciens et d'armes et de cycles dans lesquels il découvre des objets qui le ravissent : une arbalète à poissons, un oignon rocambole, une bicyclette pour ecclésiastique, une raiponce, des équipements pour chiens ayant les yeux délicats...

Il éprouve à leur contact le même plaisir persillé d'horreur que quand, écolier caché dans le bahut, il piochait le *Larousse médical illustré* et se servait une grande assiettée d'instruments chirurgicaux, d'anatomie charcutée, de visages défigurés par la maladie. La planche qui montrait un homme et une femme nus ne lui laissait pas de repos. Les joues en feu, il disait à sa mère aux lèvres rouges prêtes à partir pour un marathon de baisers : « La vie est une salade d'érysipèle et de phlegmon. » Elle était fière de son petit homme, ça paraissait, ça lui sortait de partout.

Vagin, j'avais appris la définition par cœur : « Organe de la copulation chez la femme, étendu du col de l'utérus à la vulve entre la vessie et l'urètre en avant et le rectum à l'arrière, dont il est séparé par le fond du cul-de-sac de Douglas et l'aponévrose de Denonvilliers. »

J'espérais toujours que la question « Qu'est-ce qu'un vagin ? » – posée par monsieur Colin, dont la femme venait à la récréation exhiber sa tête chauve dans la cour du collège – survienne dans les combats de vocabulaire le vendredi après-midi quand le soleil obliquait dans le gymnase. Mon père, s'il eût été présent, aurait été satisfait de m'entendre en livrer la définition.

Pendant quelques mois, j'ai voulu que l'on m'appelle Douglas Denonvilliers. Ça sonnait comme «je n'ai peur de rien, je réussis ma vie, je tombe toutes les femmes que je veux ».

Plus tard, j'avais seize ans, l'initiatrice m'a ordonné, mais c'était doux comme le mot froufrou : «Déshabille-toi. » Elle a sorti sa langue comme un serpent à sonnettes, j'ai gardé mes chaussettes. Ce fut rapide et gluant.

Le lendemain, mes amis affichaient le sourire de ceux à qui on n'en fait pas accroire.

Rimbaud aimait poster sa verge, qui ne se faisait jamais prier pour durcir, sur le tracé de la fermeture éclair de la jupe de Riva. Elle le repoussait la plupart du temps, mais parfois finissait par se pencher et par écarter les cuisses avec une élasticité qui le laissait baba. La jupe remontait d'elle-même sur les hanches. Il la prenait par-derrière, ses fesses plus douces que deux lunes inspirées.

Il reconnaît le signal : la névralgie qu'il ressent derrière l'œil gauche, qui empire à chaque battement de cœur. Bientôt, la migraine va lui dévorer la tête. Au-dessus de lui, dans l'appartement des Cornillac, il entend les pas feutrés de la Mort comme si elle marchait en chaussons. Il se presse les tempes, avale un comprimé de suma-triptan qui finit par engourdir la douleur. Attila et Babeth profitent de la torpeur de son cortex pour apparaître.

Rebaptisés Mustang et Bacon par son père, ils louaient un chalet bancal et mal meublé à côté du chalet bancal et mal meublé de ses parents. Babeth traînait une maladie de la peau qui lui faisait un visage bosselé. On racontait qu'elle était née du croisement d'une louve et d'un serpent. Elle ne se mettait jamais en maillot de bain. Mustang disait : « Est pas belle, ma femme, mais y avez-vous vu le *frame*? » Bacon répliquait : « Ben, j'te retourne pas le compliment. »

J'imaginais les choses les plus affreuses sous ses vêtements. Il s'en passait beaucoup sous les miens. J'étais myope et flou, ce qui n'empêchait pas mes oncles et mes tantes de tâter Zizi pour voir s'il poussait. Et tirent et tournent et pincent et rient et ne me disent même pas merci pour le dérangement.

J'avais treize ans, c'étaient les grandes vacances. Trop paresseux pour les commissions, trop vieux pour passer la journée dans l'eau du lac, trop jeune pour discuter avec les adultes, trop de nerfs dans les jambes pour focaliser mon attention sur les livres, trop agité pour dormir, trop, de trop. « Il ramasse ses forces pour plus tard quand les choses vont finir par arriver », diagnostiquait mon père. Je m'épanouissais dans les sous-bois, enlaçant les arbres, cherchant leur creux pour y blottir mon sexe. Masturbateur pathologique en vue, je retardais l'éjaculation jusqu'à ce que mon gland, écorché, demande grâce. La semence était abondante, chauffait parfois mes yeux. Je cueillais des baies sombres et je m'en noircissais la bouche, réfugié dans ma cabane, où personne n'entrait.

Papa dort sur ses lunettes dans l'herbe, ma mère chante en équeutant des fraises, Babeth met de la crème à mains, Attila se coupe les ongles d'orteils avec un canif, ma sœur mange ses crottes de nez, je martyrise les crapauds, il est quatre heures dans la touffeur de l'été, le fumet du gazon frais coupé m'étourdit, je rêve d'une bombe qui anéantirait tout. Seul, chou, pou, jaloux. Les bras qui pendent, la peau qui me démange, criblée de boutons jusque dans le dos, et eux tous, devant, en peloton d'exécution, qui me demandent avec leur bouche comme un piège à ours : « Qu'est-ce que tu vas faire quand tu vas être grand ? » L'amour, je réponds dans ma tête, je vais faire l'amour, toujours l'amour, jusqu'à m'en estropier l'organe reproducteur.

Ma sœur, qui veut montrer à tout le monde ses seins qui la chatouillent, a ce rire étrange qui semble lui monter des pieds. Moi, nerveux, prêt à vomir, je reste là docile, dodu, succion familiale. Je manque de vocabulaire pour truquer mes souvenirs, il ne s'est encore rien passé dans ma vie. Piètre bilan : un feu que j'ai allumé dans le champ de la voisine, des sacs d'excréments déposés avec Rémi Yelle sur le paillasson de madame Lambon, les noces d'or de mes grands-parents paternels où Gaétane et moi, dans mon premier « habit d'homme » – le bouton du pantalon serrait sous le nombril –, avions fini les verres de vin.

La routine déjà, ponctuée par la crème glacée du dimanche après-midi, au casse-croûte du lac qui cale dans le sable. Des ampoules multicolores clignotent sur le feston morose. Les poubelles ont le ventre plein. La chaleur rend la langue pâteuse. La glace à la vanille fond sur les mains. Madame Rouville Casse-Croûte a une verrue velue sous son œil de verre qu'elle a retiré une fois pour me faire rire (j'ai bandé, j'ai eu honte). Il y a une porte qui grince et les berceaux d'une chaise lancée à toute allure par une grosse fille enrubannée de cotillons qui met sa langue dans la vitre.

Ma mère nous défend, à ma sœur et à moi, d'aller aux toilettes du casse-croûte. «Trop sales. Retenez-vous, c'est tout», résume-t-elle. Mais je sais bien qu'il doit rester sur les murs des morceaux de la cervelle de monsieur Rouville. «Le pauvre homme», se contente de conclure ma mère.

Devant moi, madame Rouville Casse-Croûte se tortille, elle a des fourmis dans les jambes – et ailleurs, a déjà mentionné mon père. Elle chante *Ce soir je serai la plus belle pour aller danser* en me préparant un casseau de frites. *Ce soir je serai la plus tendre quand tu me diras, ras, ras...*

La grosse fille augmente la cadence de la chaise berçante. Madame Rouville Casse-Croûte danse derrière le comptoir. Elle est gracieuse, malgré le jello qui bouge sous ses bras. Assis sur le tabouret, je vois ses fesses à travers sa robe légère. Sans le savoir, elle me donne du bonheur dans lequel il y a un peu de douleur. Mon pénis se tient debout dans mon maillot de bain en ratine. ... *pour mieux émincer toutes celles que tu as aimées-ées-ées.* Elle est gentille, elle retire une pièce de monnaie du tiroir de la caisse et me la tend. « Prends une liqueur dans la machine à *cream soda.* »

L'été de mes treize ans, Babeth a abattu d'une balle de .303 magnum une chienne qui lui reniflait le « bénitier du diable », une autre expression de papa pour désigner la chose, là. Ne reste de la chienne qu'une longue trace de sang avec des grumeaux dans l'herbe.

Babeth me tient en joue. « Caresse-moi le visage, je suis pas contagieuse. » Je ferme les yeux pour qu'elle ne me voie pas. Elle descend tous les oiseaux qui volent autour de moi. C'est Carabosse qui me tire dessus. Faut que je disparaisse, Seigneur, viens me chercher. Je fais un vœu de chasteté si elle me laisse tranquille, je lance un caillou qui, fiou !, n'atteint pas le lac.

- chaise Ziegler ;
- tonneau bardé de clous, de pointes et de lames ;
- poire d'angoisse.

Sa mère lave la vaisselle qui s'est empilée dans l'évier, elle range, elle balaie dans les recoins comme par besoin de faire du bruit sur le linoléum de la cuisine où il s'est affalé sur la table, la tête à hauteur des fruits qui se corrompent dans le compotier. Du plus loin qu'il se souvienne, Rimbaud n'a jamais souhaité la mort de ses parents, même si leurs petites manières outrées de parents collés sur ses affaires l'ont souvent accablé. S'il avait été orphelin, Riva et les autres auraient-ils eu plus d'égards envers lui ?

« ... joli Gaétan et Gaétane, je m'appelle bien Lumina, ta tante, Dorina – mais ne me parle pas d'elle –, notre pauvre mère, Aldéada, est-ce qu'on a pensé à changer de prénom ? si Gaétane et toi aviez été jumeaux, je vous aurais appelés Guy et Guylaine, ça sonne bien pour des jumeaux. » Elle épluche des légumes pour préparer une salade, à moins que ce ne soit une soupe. Peu importe, il n'a pas faim. Quand il mange, c'est pour en finir au plus vite, pour que sa bouche soit à nouveau totalement absorbée par les soupirs que provoque la peine, soupirs qu'il exagère en toute connaissance de cause. «... oublie, Riva n'existe pas, elle n'a jamais existé, c'est ce qu'il faut que tu te dises en tout cas.» Sa mère change l'eau des fleurs qu'elle lui a apportées la semaine dernière, ramasse des pétales, durcit les mâchoires: «Je ne peux pas venir tous les jours, remue-toi, change-toi, tu ne sens pas le frais, et puis parle au lieu de penser, va consulter quelqu'un.»

Il les consultera tous, à lui en sortir par les yeux. Dis-le, Rimbaud, dis-le à ta mère que tu vas casser le moule du malheur incrusté dans les gènes familiaux. Le répertoire est inouï, les techniques infinies (et les résultats? demandera Roman, qui préconisera, lui, la thérapie du coup de pied au cul), tu n'as qu'à te pencher pour te servir: de la réconciliation des différences au toucher thérapeutique accompagné d'une guérison supramentale, en passant par la sinobiologie, l'iridologie, la chirologie, la mandala, la thérapie du tunnel, l'induction des rêves lucides par des chants harmoniques et vibratoires.

Rimbaud s'essaiera au yoga indien, au taï-chi-chuan, à la gymnastique anti-stress, à l'aqua-gym. Il lira le *Yi-king* chinois, le *Bardo Thödol* et le *Bhagavad gîtâ*. Il renoncera à la méditation, car son manque de souplesse le rendra incapable d'adopter la position du lotus.

Docteur Rice, médecin de la famille Ringuet, ouvre le col de sa chemise comme s'il voulait respirer un bon coup avant d'annoncer une mauvaise nouvelle : « Connaissez-vous le syndrome de Klinefelter, anomalie génétique qui se caractérise par un sexe de taille réduite et une sexualité endormie ? Ne faites pas cette tête, vous n'en êtes pas affligé, je voulais vérifier vos réflexes. Tout va bien physiquement, vous ressemblez de plus en plus à votre pauvre père, peut-être les yeux de votre mère. Mais je ne peux rien contre les troubles sentimentaux, vous comprenez. Faites de l'exercice et mangez du chocolat, ça contient de la phényléthylamine, un psycho-stimulant euphorisant. Qu'est-ce qui ferait votre affaire ? Je peux vous rédiger un arrêt de travail tout en vous recommandant somnifères et anxiolytiques... »

Rimbaud ne l'écoute plus. Qu'est-ce qui ferait ton affaire ? Un curetage pour déloger l'intruse. Extraction, soustraction, extinction. Et renseigne-toi pendant que tu y es : ces kystes aux aisselles, apparus depuis la formule lapidaire que t'a lancée Riva, « Tu m'encombres », ne sont-ils pas suspects, docteur, annonciateurs de cancer, de sida ? Qu'est-ce qu'il te faut au juste ? Une tuberculose pour déporter ton attention sur autre chose que tes nausées d'amour ?

Rimbaud quitte le cabinet du docteur Rice, non sans avoir eu un regard pour la réceptionniste, dont la poitrine ne pense qu'à s'évader du chemisier. Il patiente derrière la porte, espérant qu'elle vienne le rejoindre. Il lui dirait, c'est une formule gagnante : « Voulez-vous être la pourvoyeuse de ce moment de plaisir pendant lequel on n'a peur ni de vieillir ni de mourir ? » La réceptionniste sourirait de toutes ses forces, ce qui l'obligerait à lubrifier les commissures de ses lèvres.

Un vol de mouettes rieuses passe au-dessus de sa tête. Elles se moquent de moi, pense Rimbaud que le beau temps dégoûte autant que le bonheur des autres. Dans la rue, les revendeurs de crack le frôlent. C'est avec Dieu lui-même que Rimbaud veut *dealer*. Où est-il celui-là quand on en a besoin, quand tout est en train de sombrer? À quoi use-t-il sa toute-puissance?

Rimbaud n'est qu'un contour de lui-même. Quand il touche son nez, il ne ressent rien. Il ne peut même pas se décrire. Pourtant il se rappelle grain à grain le corps de Riva, le tortillon de chair, plus bas que le nombril. Un petit excédent qu'elle trouve horrible, mais dont elle craint de se débarrasser. « Ils m'amocheraient », soupire-t-elle.

Lorsqu'il a vu Riva pour la première fois, il a senti qu'il n'aurait plus d'autre raison de vivre. Elle l'enlaidissait de désir. « Je dois me désensorceler », pense-t-il.

Dans l'appartement de R. Steinman, on a découvert le cadavre de R. Ringuet. Pendant que les rats rongeaient les parties génitales, le chien de mademoiselle Steinman se délectait de la tête. Une histoire d'amour, naturellement.

Dans le journal, c'était écrit : « Divination et médiumnité. Retour de la personne aimée en trois jours. » Pourquoi pas? avait pensé Rimbaud.

«J'ai main paresseuse. Guerre dans mon pays», signale Amadou, assis à même le sol, qui expose ses dents comme des morceaux de sucre.

Les bougies disposées dans la pièce dégagent un parfum de bananes. Au centre de talismans, de tresses d'ail, d'une bouse de vache séchée clouée au mur et de photos très sombres jure une horloge Mickey Mouse à répétition de minutes.

«Cadeau de petit-fils, dit Amadou, qui a intercepté le regard de Rimbaud. Venez me voir pour ramener être aimé à meilleure pensée?»

Rimbaud acquiesce, quoiqu'il n'aurait pas formulé sa requête de cette façon.

«Grand malheur passé, survient accalmie», prédit Amadou avant d'entrer en transe et d'éteindre son sourire qui prend beaucoup de place sur son visage.

Le marabout africain bombe le torse, passe sa main motrice dans ses cheveux drus. Sa voix, qui tantôt faisait des travaux dans la cave, monte maintenant au soprano.

«C'est moi, Gaétan, du moins Rambo, c'est ta mère, j'ai oublié de te dire la dernière fois qu'on s'est parlé que ton père et moi t'avons aimé autant que ta sœur, mais elle était plus fragile, tu comprends, toujours à se rouvrir une plaie, à tomber dans les escaliers, à relever sa jupe pour faire du vent, toi, tu étais notre petit homme, un peu trop blême à notre goût, mais de couleurs on ne discute pas, ne pense pas qu'on t'a négligé, et veux-tu oublier une fois pour toutes cette nuit où nous t'aurions laissé seul avec ta sœur quand tu avais cinq ou six ans, et que tu as vu des monstres grimacer aux fenêtres ? nous avions, tu le sais bien, des tentures épaisses. »

Rimbaud regarde Amadou se caresser les seins avec sa main valide. Dans un corps de cette envergure, sa mère aurait été championne de basket-ball, et ses copains l'auraient envié. Dans la formation des équipes de sport à l'école, il n'aurait jamais séché sur le banc.

« J'ai pas fini de te parler, ce n'est pas vrai que je t'ai déjà forcé à montrer ta bizouquette à mes amies parce que je m'inquiétais des petits boutons qui y poussaient, tu as inventé tout ça, à bientôt, mon grand. »

Amadou lisse sa djellaba, regarde ses ongles ; Rimbaud reconnaît tout de suite Riva. Ce que confirme la voix feutrine.

« Tu parles en dormant, tu sapes en mangeant, tu ris en éjaculant. Mais je t'ai

aimé jusqu'à ce que tu me tètes mon oxy-
gène, que tu m'agresses à force d'attendre
que je décide tout pour toi. »

« Souhaitez du mal pour femme mauvaise ? » demande Amadou, revenu à lui
et prêt à larguer ses démons. Rimbaud
préférerait du bien pour lui-même.

Le médium a de la ressource dans la
féminité, pense Rimbaud. Il a déjà adopté
une autre posture et une voix avec de la
harissa dedans.

« Fais de la place. Je m'en viens dans ta
vie avec mon poncho bariolé et mes chats.
Tu ne riras même pas quand je te dirai
mon nom. »

Amadou retrouve sa voix grailleuse.

« Nombreuses créatures dans votre
vie. Désirez hypnose pour désenvoûte-
ment ? »

Il n'en croit pas ses yeux. Dans la cuvette où il vomit, Rimbaud aperçoit des
tas de gens. Miniaturisés, mais complets.
Les lilliputiens courent et Rimbaud, le visage passé à travers la lunette, trouve leur
course inutile. Pour quoi faire ? Il leur dit :
« On finit toujours par pleurer. Personne
n'écoute jamais personne. Tout le mal
qu'on se donne pour rester en vie. »

Malgré la tête qui tourne et le dégueulis au bord des lèvres, il leur chante *Que reste-t-il de nos amours ?* Riva l'aurait semoncé : « Tais-toi, tu fausses. » Pas eux. Pas ces expectorations, ces rejets de lui-même.

Dans l'appartement au-dessus, la petite fille à l'hypertrophie capillaire saute à la corde. C'est son heure. Rimbaud ne se brosse pas les dents avant de se coucher. Son souffle le tient chaud. La céphalée s'en est allée avec la nausée.

Il voit la masse de cheveux de la petite fille s'éparpiller par touffes partout dans l'appartement. Il pense : On a trop de cheveux, pas assez de fesses, un nez aquilin, des oreilles en porte de grange, il y a toujours quelque chose qui dépasse, déborde, déconcerte, déconcentre, déconnecte.

Son attention monte à l'étage du dessus et l'imagination fait sa besogne. La petite fille à la chevelure trop épaisse dépose sa corde à sauter, boit un grand verre d'eau, met une culotte blanche sous sa jupe caramel, embrasse la photo de ses parents souriant sur la télévision et se jette par la fenêtre. Il y a des cris en bas de l'immeuble, des badauds rassemblés devant les tripes éparpillées.

Rimbaud, qui s'est relevé, se rend à la fenêtre et regarde le tableau abstrait sur le trottoir. Les enfants sont les œuvres de leurs parents.

Il va dans la salle de bains. Il n'a pas tiré la chasse d'eau. Son vomi le regarde. Sur le carrelage froid, Rimbaud voit un petit garçon qui se tient le ventre. Il a mangé un bocal d'olives, avalé quelques noyaux. Il porte de grosses chaussures pour son âge. Ses parents dansent dans la pièce d'à côté. L'enfant ne sait pas crier plus fort que la musique.

« Est-ce que je vais mourir ? » demande le gamin entré d'urgence à l'hôpital pour une péritonite. Son père interdit à l'abbé de service de s'approcher de son fils pour lui administrer l'extrême-onction. Et Rimbaud au bas-ventre recousu mange des glaces à la vanille et s'empêche de rire pour ne pas rouvrir la plaie et incommoder l'homme qui faisande dans le lit voisin en prenant son temps.

« On dirait qu'il faut que tout soit psychologique avec toi, voyons, mon garçon, on ne se tue pas parce qu'on a trop de cheveux, ça serait plutôt le contraire. »

Sa mère, cela se sent, est fière de sa réplique.

« Je l'ai imaginée mourir avant qu'elle ne meure vraiment.

— L'imagination ne tue pas à ce que je sache, tu t'en fais trop, Gaétan, oups !... Rambo, tu te cherches une autre raison pour pleurer, Riva ne suffit plus ? c'est plutôt bon signe, on t'attend dimanche, dégonfle un peu, papa nous quitte de plus en plus, fais-toi remonter le sourire au treuil, c'est comme ça qu'on dit, mais change d'air, celui de ta tante me suffit. »

C'est cassable, les petites filles, ça part au vent. Dans l'appartement au-dessus, c'est la chanson crissante des meubles qu'on déplace. Dans la tête de Rimbaud cingle la pincette de la corde à sauter sur le plancher et repasse l'image de la fillette pleine de cheveux qui éclate. Où cachait-elle sa douleur ? Il y avait dans l'iris mauve de l'œil droit un point sans couleur, comme une parcelle éteinte. La douleur est rentrée par là pour atteindre le cerveau.

Une petite fille aux cheveux impossibles à manier dort dans les bras de Rimbaud qui pleure de n'avoir rien pressenti, de ne pas lui avoir dit qu'elle était sa gâterie quand, dans l'escalier, elle l'enrobait de

sa petite voix fruitée : « B'jour, m'sieu. »
L'enfance dure un quart d'heure.

Rimbaud comparaît devant la glace
au-dessus du lavabo et fait l'inventaire :
cactus dans les oreilles, paupières spon-
gieuses, grain gris de la peau. « Paquet
d'organes », l'appelait parfois Riva. C'était
des cajoleries.

« Quarante-quatre ans, merde. Et déjà
tout ce travail de sabotage !

— Tu seras pire encore », lui souffle
le miroir.

Roman lui avait dit : « Un matin, tu es
en phase totale avec toi-même, le soir ça
commence à se décaler. Tu es toujours
là, mais ton image recule. » Ce jour-là,
Rimbaud s'était demandé pourquoi son
grand gaillard d'ami n'avait pas pleuré
comme tout le monde, à la suite de l'accident où il avait fallu lui amputer les
jambes.

Les yeux remplis de larmes, Rimbaud
prononce la phrase magique que sa mère
lui avait apprise quand, en pleine poussée
pubertaire, le visage mangé par l'acné, il
voulait chaque matin régler son compte
au miroir : « Je suis beau et je m'aime, car
Dieu a fait de moi une merveille. »

Des photos de ma sœur trônent jusqu'au-dessus du réservoir de la toilette, enrobée de peluche. Elle me regarde pisser, pense Rimbaud. C'est sa vengeance. Tu t'es tellement souvent payé la traite en l'espionnant dans tous les coins.

Rien ne change dans la maison familiale : la petite musique crémeuse à la radio, les meubles du salon sous sachet plastique, la même jarre de bonbons décolorés fêlée sur le réfrigérateur, le même égouttoir près de l'évier. Me prend soudain le goût de donner un coup de hache sur la table basse où s'entassent les mêmes échantillons de produits Avon-besoin-derien. La même incapacité qui flotte dans l'air. Ma vie, leur vie, qu'est-ce qui nous arrive ? J'échoue sur tous les plans, alors que mon père ne rate pas son cancer, ma mère, sa névrose, ma sœur, sa trépanation.

La cafetière gargouille. La crème fouettée rigole sur la tarte aux pommes chaude. Rimbaud remarque les mains amaigries de son père, ancien champion du bras de fer. Mains rendues trop faibles pour déplier le couteau de poche. Cadeau du fils au père.

Dès qu'il me voyait arriver à l'usine de bonbons, il disait : « Sers-toi. » C'était le bal des couleurs sur le tapis roulant.

Papa venait poser ses mains sur mes épaules, m'appelait son petit homme en sucre. Berlingots, dragées, boules noires, outils en chocolat : toutes les friandises me tendaient leurs petits doigts pour que je les intercepte. Mon père et moi détestions le carême.

Pas question que sa mère sombre, c'est dimanche, et la vie est belle tant qu'on est en vie : «Enlève la nappe Gaé…, on joue à la dame de pique.» Paralysé des membres inférieurs, le père de Rimbaud urine lentement dans son caleçon. Rimbaud voit sa gêne, il a envie de lui dire de profiter de la chaleur qui est sûrement bonne sur la jambe. Les cartes bougent dans la main de Rimbaud. Son père a commencé à vieillir en lui.

Un jour il y aura trop de neige, mon père paralysera des membres supérieurs, il crachera du sang je crois, je l'emporterai dans mes bras jusqu'à l'hôpital aux joues grises. Un sapin scintillera dans le corridor. Un appareillage compliqué meublera la chambre. Je retiendrai cette phrase de l'infirmier aux yeux cerclés de khôl : «Les grands malades nous gâchent la vie en n'en finissant pas de mourir.» Mains tavelées sur le drap, mon père dira : «Je suis trop vieux pour être triste.» Je

l'embrasserai sur le front, maman fouille-
ra dans son sac, on entendra comme un
récital d'ustensiles. Il fera chaud, on ne
pourra pas ouvrir la fenêtre. Il manquera
un bouton à la veste de pyjama de papa.
À Noël, nous ne mangerons plus jamais
de petits poissons à la cannelle. Au salon
funéraire, on dira : « Soufflé comme une
bougie », « Le cancer généralisé, ça ne pardonne pas », et on se coiffera d'une tête
de circonstance. Gaétane portera une jupe
trop courte, mordillera l'oreille de mon
père dans le cercueil. Maman mettra les
lunettes qu'elle ne chausse jamais pour
relire le télégramme de sa sœur – « Ne
viendrai pas. Dorina ». En bas, dans le fu-
moir, j'aurai des fous rires, Roman puera
plus que d'habitude, l'accompagnatrice de
Gaétane boira du café et laissera sur l'arête
de la tasse l'essentiel de son rouge à lèvres.
J'hériterai de la plume Sergent-Major de
papa et de ses ulcères variqueux.

Riva, elle, n'aura pas d'autre héritier
que monsieur Édouard. (J'imagine le chien,
tiens, en train de polir l'argenterie.)

Pardon, papa, pour le mépris arboré
lors de mon quinzième anniversaire,
dans le sous-sol préfabriqué aux murs en
stuc, où se ramassent – ce n'est pas de ta
faute – les horreurs du monde : bateaux en

bouteilles, affiches de poulbots punaisées trop haut, fleurs en plastique arrosées de cologne. La musique colle ses mains sur les corps de cinq garçons et deux filles. Nous avons envie de mettre nos langues délirantes dans la bouche des filles, elles se gavent de bonbons. Nous fixons le mur en attendant le *slow* propice. Ricanements dans les soutiens-gorge, réseau de hiéroglyphes sous les jupes. Nos pantalons tirebouchonnent, nos poils au menton font sensation. Le gâteau marbré patiente sous la cloche transparente. Nous n'avons pas de certitudes.

Violence sous le bras, tu descends, papa, tu n'en finis pas de descendre l'escalier, tes pieds lourds écrasent mes tempes. Je sais que tu as bu – nos pères boivent tous, nos mères sont toutes dépressives, nos sœurs sont toutes fêlées, nous avons tous des raisons de tuer quelqu'un. Tu vas vouloir tirer au poignet avec Carl-le-costaud, fouiller sous les blouses des filles. Tu ne vois pas que je suis raide d'orgueil, que la honte me submerge et que je te renie quand tu ouvres la porte et que tombe le couperet : « Allez les p'tits gars, c'est l'heure de manquer de respect aux demoiselles. »

Mes amis font semblant de ne pas avoir peur. Tu fais tâter tes muscles, tu titubes, tu essaies de m'embrasser, de me pincer les fesses, je voudrais hurler toute ma haine à venir, «lâche-moi, mais lâche-moi donc, laisse-moi me noyer une fois pour toutes». L'aiguille s'accroche sur le disque, tu trébuches sur la carpette, tu renverses le ravier de carottes et de céleri, ta tête part dans toutes les directions. Les filles ajustent leur manteau, un «merci» sec casse leur petite bouche, elles fuient, les copains filent, il est dix heures, la fête est finie, tu pleures en marmonnant des phrases en anglais.

Mes quinze ans sont morts. Je n'ai pas palpé de fille qui goûte la cerise. Toi, tu regrettes, tu t'excuses, tu t'emplis de gâteau qui ne te fait même pas vomir sur le canapé en similicuir orange.

Je porte ton nom et tout ce qu'il y a d'avorté en lui, en toi.

Il semble que Riva Steinman aurait enfoncé jusqu'à l'épaulement un couteau de cuisine dans le cœur de Rimbaud Ringuet, ce qui a arraché à ce dernier un rictus étrange, et que pour donner le change M. Ringuet aurait percé d'un canif le sein droit de la tueuse. Oh, là là, l'amour.

M'en fous l'orgueil, la virilité, l'honneur, m'en fous la dignité. Veux être aimé. Peux m'humilier pour. Lécher pied, main, cul, c'est pareil. On dira « C'est un homme, c'est une mauviette, c'est une chaise », c'est ce que vous voulez, m'en fous.

Il ne trouve pas le sommeil. Dans sa tête résonne comme des sabots de cheval fou la corde à sauter de la petite fille aux cheveux exagérés que sa mère coupait au sécateur. L'enfant vient lui dire à l'oreille : « Suffit de fermer l'interrupteur de votre esprit pour dormir, m'sieu. » Les cachets d'aspirine, de paracétamol et d'ibuprofène ne sont pas venus à bout de sa migraine. La chaleur lui poisse les mains, il sue derrière les genoux. Alors Rimbaud se lève, enfile un slip frais (en cas d'accident, aie des dessous propres, instruction de sa mère). Il va chercher de l'air à la montagne.

Sous la nuit bleu marine, des couples font l'amour dans les voitures. Rimbaud perçoit le bruit de succion des organes qui s'annexent. Il atteint, à travers les taillis, l'esplanade où il aimait venir avec Riva pour contempler la ville qui, d'ici, ressemble à un bol de bonbons brillants.

C'est alors qu'arrive comme une fanfare une femme en poncho avec col en fourrure acrylique. Il fait mille degrés Celsius, les aisselles pleurent sous les marcels, mais pas le moindre indice d'humidité sur celle qui porte des bottes en caoutchouc et des mitaines multicolores. Elle se laisse détailler puis dit d'une voix enchifrenée : « Vive les géraniums libres. J'apporte la lumière. À toi aussi, si tu ouvres la fenêtre. » Elle fait de grands gestes circulaires comme si elle hypnotisait un essaim d'abeilles, prend de longues inspirations et rejette un air chargé d'ail et de dentifrice. Rimbaud reçoit une pichenette de l'au-delà, c'est en tout cas ce qu'il lui dit quand il accroche ses yeux aux siens. « Vairons qu'ils sont mes yeux. C'est comme ça que ça s'appelle deux iris qui ne sont pas de la même couleur. N'oublie pas, c'est un adage, que tes yeux se suffisent à eux-mêmes, mais que tes oreilles ont besoin des autres. »

La nature, prodigue pour Riva, a été plus mesquine pour elle : une implantation de cheveux très bas sur le front, le nez busqué, une taille sans précision et la poitrine un peu lasse... Mais des lèvres parfaites qui s'ouvrent : « Tu ne m'auras pas aussi facilement. Va falloir que tu travailles. Je n'ai pas la tête branlante même si tout le monde le pense. Tu m'as suivie, tu t'es dit c'est une pauvre fille, il y a du bon temps à avoir. Tu te trompes, tout le monde se trompe et tout le monde est trompé. Avec le renard, on renarde, si tu vois ce que je veux dire. » Elle court, il s'accroche à son poncho.

Dans la caravane gansée de vignes, plantée dans un boisé au bas de la montagne, circulent des souris orange et des chats obèses. À l'« infirmerie » – c'est en hôpital qu'elle lui dit avoir converti une carcasse de fauteuil –, sont en convalescence des chats sourds, borgnes, sans patte postérieure, équeutés, édentés. « Il n'est pas d'arbre que le vent n'ait secoué. » C'est ainsi que cette femme dit les choses.

Rimbaud s'assoit sur le bord du lit. Du sable. « Je dors sur une plage, j'enterre des coquillages, je construis des châteaux. Je voudrais des crabes. » Elle boit de l'eau et sa langue nettoie ses dents.

Elle lui tend un sac de nerfs roux. Il fait un signe : « Peux pas. Allergique. » Il tousse, pour le prouver. Alors, elle les rappelle tous contre elle, comme une chatte en chaleur ; les matous la lèchent. Sur ses mains se répandent des réseaux d'égratignures. Elle dit : « Assez, assis. » Les chats et les souris font les morts. Rimbaud essuie les gouttes de transpiration sur ses tempes et son front. « On mange tous des carottes ici. T'as vu le teint des souris. Je les prépare de deux cents façons différentes. » Les carottes, les souris ? Il n'a pas le temps de s'inquiéter, la voici en conférence, les mots sortent de sa bouche comme les lapins d'un chapeau : « J'ai été mariée, j'ai eu des robes en jersey, des cantonnières dans les fenêtres, une baignoire à remous, des olives dans le martini. J'ai tout oublié. Regretter le passé, c'est courir après le vent. Si c'est ce que tu veux m'offrir, prends pas racine. Sinon, reviens demain. Je suis quelqu'un de peu. Je n'ai rien, mais c'est à moi. »

Rimbaud lisse son pantalon. Un des chats lui a dessiné des finesses sur la cheville. À la seule idée qu'il lui faudrait caresser une de ces bêtes, ses yeux se mettent à brûler, son nez à couler. Sa respiration siffle, mais il constate que son mal de tête a disparu.

Elle continue : « J'ai passé des jours à croupetons, incapable de me relever, tant j'avais peur d'être debout, de dépasser dans le décor. Mon mari n'était pas le genre à s'excuser d'être un homme. Il a posé trois piles de billets sur la table, puis il m'a dit : "Va-t'en." J'ai pris l'argent et mis tous mes bijoux. Je brillais comme une vitrine. J'ai déchiré ma robe pour qu'elle n'appartienne qu'à moi. J'ai mangé la rose qui s'épanouissait dans le vase. J'ai déposé un baiser sur sa joue en disant: "Mon mari flétri." Il a lâché un cri de phoque. J'ai pensé au même moment: "Il a l'air d'une vieille femme et qu'est-ce qui va m'arriver?" J'ai raté ma sortie, je suis tombée dans l'escalier. J'ai entendu la sirène d'une ambulance. J'ai pensé que c'était pour moi. Mon mari est venu me remettre sur pied. Je l'ai traité de grosse salope. C'est sorti tout seul. Je suis partie en titubant. Le voisin venait de succomber à un infarctus et je me suis demandé si j'avais arrosé les géraniums. Je réussissais des plats compliqués, j'étais la reine du plumeau. Le goût de vivre est puissant. Une suggestion: Ne raisonne pas, sens. »

Rimbaud s'interroge: Qu'est-ce que je pourrais bien lui dire? Lui revient le conseil de sa mère: Si tu ne sais pas quoi dire, tu peux au moins sourire. Il sourit, donc, et pas qu'un peu.

« Tu m'écoutes ou tu es un demeuré intégral? Au début, je me suis mutilée, je coupais partout où ce n'était pas beau. Tu aurais dû voir le paysage. Je te permettrai un jour, si nous en sommes encore là, de toucher à mes blessures les plus profondes. As-tu déjà déjà mangé des figues fraîches ? C'est meilleur que les pointes au phosphore des allumettes. »

Rimbaud n'a pas bronché quand elle lui a révélé son nom, Poudrette Pigalle, et ajouté : « Pépée pour les intimes. »

« Les autres font des rages d'hystérie ou des crises d'épilepsie. Tu es plus coincé que je pense. Tu n'as pas de bol. Ta sœur est folle, ta mère décolle, ton père s'étiole. Tu n'es pas responsable. Tu n'es pas le seul garçon à avoir eu trop de mère et pas assez de père. Tu vas mourir et les chats vont continuer de miauler. Il faut que j'arrose mes fleurs, mon lutin crépu. Avant de t'en aller, prends un cachou pour t'occuper la bouche. »

Rimbaud pourrait jurer – la main sur la Bible – qu'il n'est pas sorti de la roulotte de son propre chef. Dans le cachou était sûrement dissimulée une force qui l'a soulevé, lui a fait passer la porte sans l'ouvrir.

Dehors, la guimauve de la nuit lui colle aux épaules. « Comment sait-elle à propos de ma mère, de mon père ? » Rimbaud pense qu'il a halluciné. Il revient sur ses pas.

La caravane est là, Poudrette est là, la lune est pleine de lait. Il ne bouge pas, l'observe derrière un bosquet. Il pleure tout doucement, attrape les larmes avec sa langue. Elle dit : « Tiens, il pleut des larmes. Tu t'ennuies déjà, mon filet mignon ? Sache que je dors nue et seule. » Elle applique du vernis sur les griffes d'une chatte enceinte. « Ma grosse amour, quand tu marcheras, tu feras gicler le sang des cerises et tes chatons auront bon teint... Mais toi, là-bas, blotti dans l'ombre... » C'est comme si d'un claquement de doigts elle venait d'éteindre la nuit pour allumer le jour. Elle vient vers lui, et Rimbaud croit entendre le pas de monsieur Longtin chez qui il volait des framboises quand il était enfant, et qui sortait de la maison avec une carabine et des gros mots de Bonhomme Sept Heures.

Poudrette s'est adossée à un tronc d'arbre. Il la voit à peine, mais elle, il ne sait pas comment l'expliquer, elle le regarde droit dans les yeux, à travers le bosquet : « Qu'est-ce que tu crois ? Comme les autres, on m'a ramassée dans la rue, où j'avais été jetée vive. Mais je savais qu'en désirant très fort une petite place où installer ma carcasse, quelqu'un allait me l'offrir. Je suis la gardienne de ses dépendances, comme il dit. Le propriétaire peut venir n'importe quand, me renvoyer quand il le veut. C'est un beau monsieur qui parle lentement et qui caresse la glabelle des chats. Parfois je me retourne, il est là, le bec rempli de petits fruits. Il ne me demande rien, de temps en temps du thé. Il regarde la rivière, met la main sur son cœur, c'est tout. Je vends des fleurs en plastique, je réconforte les gens cabossés à qui je répète ce que les Chinois m'ont enseigné : "Le fruit mûr tombe de lui-même, mais il ne tombe pas dans la bouche." Tu comprends, il y a un effort à faire. Nul oiseau ne vole qu'avec ses propres ailes. Tu n'as pas besoin de chaman ou de mystagogue. Toutes les solutions à tes problèmes sont en toi. Dors plutôt, écoute les conseils que tu reçois dans ton sommeil. Et arrête de te masturber, ça tue la création. »

Il a dormi comme un bébé dans les bras dodus des anges. Il se réveille avec l'espoir de tout changer, à commencer par le petit déjeuner dont il désorganisera l'ordonnancement : il brouillera les œufs dans les céréales pour provoquer une rébellion intestinale, lui dont le transit est fort mal éduqué. Il ne se rasera plus en partant du favori gauche, mais de la pomme d'Adam et en remontant jusque sous l'œil, où il brusquera la peau pour vérifier la couleur du sang.

Rimbaud se réveille avec l'espoir de n'avoir jamais connu Riva, de redevenir le Rimbaud d'avant le cœur perforé. Il attendra que rien n'advienne, et il sera gâté au-delà de ses espérances. Il rira avec son ami infirme quand la bière coulera sur leurs poitrines, il lira des livres épais qui lui dessineront des cernes sous les yeux, il mangera la tarte aux pommes que sa mère achètera au supermarché, il battra son père au bras de fer, il caressera la tête de Gaétane qui n'aura pas de cicatrice en forme de fermeture à glissière. Il n'y aura plus de larmes dans son corps. L'été, sans chaleur excessive, juste l'été qu'on aime et qui brunit le corps, viendra, puis s'en ira, reviendra, puis repartira, reviendra, puis repartira pour toujours. « Mon Dieu que le temps file rapidement », dit maman dans le train aux passagers qui se fichent de son angoisse derrière leur magazine de bonheur et de recettes dans le lit.

Rimbaud se réveille avec une certitude : « Riva m'a jeté. »

Gaétane se rue sur Rimbaud dès qu'elle le voit apparaître au bout de l'allée, entre les deux rangs de peupliers, qui mène à l'Institut Saint-Michel. Elle lui renifle les aisselles, lui pince les oreilles et les joues. Elle montre ses mains. « Pas attachée fillette poupée. Mangé tarte citrouille. »

Elle ne lace jamais ses espadrilles ni ne boutonne ses blouses. Elle met dans une boîte les trésors de son nez, ne tire pas la chasse d'eau avant d'avoir dit au revoir à ses selles. Elle cache dans ses poches des queues d'écureuils, des épluchures de fruits et des clous tachés de sang. Elle dit comme si elle avait de la barbe et de la sagesse : « Seule fortune. »

Quand mademoiselle Goémon lui caresse la tête – geste que Rimbaud est incapable de faire –, Gaétane rit, ses yeux disparaissent. Elle monte sur les fauteuils, se tient sur une jambe, projette son corps en avant, balance les bras, crie Tchou tchou, Timber, Halte-là ! et s'élance, Fillette poupée vole.

« Laissez, elle ne peut pas se blesser. On a placé des amortisseurs sous ses vêtements. »

Comme sa sœur qui a toujours su se démarquer, Rimbaud deviendrait débile sur-le-champ en échange de la voix de mademoiselle Goémon dans ses oreilles. Paquet d'ouate.

«... J'ai l'expérience, vous savez. Au moins trente ans que je travaille ici. »

Rimbaud n'a pas enregistré les premières phrases. Dans le couloir il voit des infirmières battre des ailes et se hisser dans les airs en mangeant un sandwich garni d'orteils.

«Normal que vous ayez des visions. Vous êtes dans l'ambiance, vous comprenez. Moi-même, j'aime bien de temps à autre lâcher mon fou comme on dit. Tout le monde est fou, monsieur Ringuet, certains le cachent moins bien que d'autres. »

Gaétane désigne les carcasses d'oiseaux sur les rebords de fenêtres. «Pas eu le temps dire à fillette poupée c'qui voulaient. »

«Elle les appelle, elle oublie toujours qu'ils ne peuvent pas entrer. Ils se fracassent la tête contre la vitre. Tout un spectacle pour nos pensionnaires. Mais vous connaissez le goût des enfants pour le massacre. Car ce sont des enfants, je ne vous choque pas, j'espère, en disant cela. Et puis le sang sèche et s'efface avec la pluie. Mais la pluie ne nous gâte pas beaucoup ces temps-ci. »

Rimbaud immobilise Gaétane qui trépigne, excitée par le battement des mains d'un homme au rire de verre pilé. Rimbaud jurerait que c'est celui qui a répondu à la petite annonce de sa mère. Comme si elle lisait dans sa tête, mademoiselle Goémon dit :

« Il est parmi nous depuis sept ans. C'est un lit de fer parfois, mais en général un traversin. C'est une image, bien sûr, on en utilise beaucoup ici pour respecter les droits des personnes.

J'ai trouvé une amie, dit Rimbaud à Gaétane.

— Pas toucher fillette poupée. Pas jouer à Place vide, papa veut pas. Défense de passer, propriété privée. »

Gaétane se bride les yeux. Elle rit. On voit sa luette.

« Elle s'appelle Poudrette. Tu vas l'aimer. Elle sent le chat, ça me fait éternuer. »

L'air mou annonce l'orage. Sur la balançoire à bascule, Gaétane et moi essayons d'attraper des morceaux du ciel. En haut, en bas, les jambes comme des ressorts, c'est à qui quitte son siège le plus rapidement, laissant tomber l'autre, ébahi, dans le bac à sable. Je suis le plus agile, j'agis au sol en hypocrite, je m'éjecte à la vitesse de l'éclair, Gaétane s'envole, bras écartés, double axel avec vrille, puis dégringole ; sa tête heurte le bourrelet d'une pelle. (Elle évite de justesse la lame d'une binette.)

Maman accourt, les ongles de ses orteils ont l'air de coccinelles effarouchées. Gaétane, paquet de cire molle, a les yeux révulsés, la langue sortie. Elle fait son importante, que je pense.

Moi, « le plus grand, l'aîné qui donne l'exemple », je suis content et apeuré, appuyé sur le cabanon où papa range la tondeuse à gazon que j'activerais sur mon corps pour attirer l'attention que maman accorde à Gaétane, allongée sur l'herbe, jupe plissée. Décédée ?

L'ambulance devant la porte de garage épate mes copains autant que la voisine aux chaussures à coucher dehors et au buste à réveiller les morts – maman prononce le mot buste avec un mélange de haine et d'envie.

Au souper, m'attendent les « soucis foncés » – ce n'est pas le temps des calembours – , les sourcils froncés de papa. Le mouchoir de maman pend du poignet de son chemisier.

« Ta sœur est dans le coma, m'annonce mon père. Va mettre ton pyjama. »

Je vois dans ses yeux que grossissent effroyablement ses lunettes une lueur infanticide.

Je dis, avec cette pression sur l'urètre qui me crispe lors des examens quand, à la première lecture, je ne comprends aucune des questions auxquelles je dois répondre :

« On joue à "Place vide" tous les jours en revenant de l'école. »

Papa tranche :

« C'est terminé la balançoire. Je démolis le portique demain. »

Maman attendrit le ton paternel, ce sont les tranquillisants, probablement, qui l'y incitent :

« Le médecin croit que les outils dans la tête de Gaétane se sont déplacés. »

Gaétane reviendra quelques jours plus tard, réusinée, mais pas dans le bon ordre. Elle demandera à papa « où est passée la balancigne ».

Place vide.

Restera pour ma sœur le loisir d'avaler des clous et pour moi l'habitude de me cacher sous le perron avec des livres plus grands que mon âge et des questions qu'aucun examen ne pose. Que font les gens dans la télé quand on ne l'allume pas ? Que reflètent les miroirs quand on ne s'y mire pas? Comment tiennent les maisons dans une rue en pente? À partir de quel âge pense-t-on à la mort chaque jour? Qui a cassé la tête de Gaétane?

Riva habite à 362 dalles de trottoir de l'enseigne du fleuriste sous laquelle est assis Rimbaud, chaussettes à la main, qui vient de constater qu'il lui manque un orteil. Le p'tit laid si vulnérable. On le lui a subtilisé, ni vu ni connu. Rimbaud se sent aussitôt dévitaminé, comme si tout son corps prenait sa nourriture par cet orteil.

« Il vous en reste neuf, aussi bien dire la majorité », trouve à dire le fleuriste, qui voudrait bien, cela saute aux yeux, que son client dégage l'entrée de la boutique. « Tenez, c'est pour vous. » Il lui tend trois œillets blancs. Le jour où il lui en avait offert trois douzaines, Riva les avait jetées dans le broyeur à déchets, et elle avait bougonné ce remerciement : « Ça pue. » « Ce sont des fleurs odorantes », avait rectifié le fleuriste à qui Rimbaud faisait part de sa déconvenue.

« Votre orteil vous attend sûrement quelque part », conclut le fleuriste qui doit épater sa femme avec ses reparties. Rimbaud imagine le dialogue:

« C'est ça le commerce, ma beauté. De la psychologie, de la psychologie et un tiroir-caisse qui tintinnabule.

— Toi, mon snoreau, tu sors toujours le mot pour m'embraser. »

Rimbaud remet ses chaussettes et ses mocassins, s'appuie sur un étal de roses pour se soulever. Il hume les œillets et part en claudiquant. La chaleur ne l'embellit pas. Elle lui fait le visage rougeaud des malades soûlés de pilules.

Il bat la semelle, et les arbres se penchent pour lui murmurer: « Personne ne t'aime », et « Espèce de seul pleureur », et encore « Tu es superfétatoire ». Sous cette chaleur, il n'est plus sûr de la définition de l'épithète, mais n'envisage rien de bien flatteur. Il voudrait marcher plus vite, mais « sache qu'il me manque un orteil et qu'il me manque », prend-il la peine de dire au pin à qui il arrache des aiguilles pour se curer les dents. Une fragrance aigrelette se mêle au flot de sa salive.

Sous la tape du soleil, la sudation le handicape, plaque des papules sur son dos. Il pense au cérémonial de l'hygiène chez Riva, à ses interminables ablutions, à sa façon d'appliquer la crème hydratante en partant des chevilles, de faire cliqueter ses bracelets, distraite, ennuyée, comme la princesse de la maussaderie. Sur son dos bronzé et nu s'inscrit l'empreinte des croisillons de la chaise longue. Elle est désirable et aromatisée.

Dans la rue, les femmes à queue-de-cheval bougent les fesses sous les jupes bruissantes et font claquer leurs talons sur le macadam. Rimbaud se mâchonne l'intérieur des joues tapissé d'abcès. Son sexe fonctionne toujours.

Un fourgon cellulaire vient le frôler sur le trottoir. Un laveur de carreaux agrippé au flanc d'un hôtel chante à tue-tête. Tu vois, c'est facile de vivre, fais un effort, il suffit de faire pénétrer l'air dans tes poumons. «Un peu de bonheur, s'il vous plaît», demande Rimbaud au ciel avec un post-scriptum de réprimande.

Une nappe de plastique blanc housse la table. Sa mère fixe son poignet qui agite la ficelle du sachet de thé à la bergamote. Le biscuit craque sous la dent, beaucoup de plis se forment autour de la bouche. Rimbaud a les caroncules lacrymales enflées.

Papa somnole, bouche ouverte, devant la télé. Maman souffle sur la boisson trop chaude : «Voyons, mon garçon, faut te faire à l'idée, ça fait combien de fois que je te dis que c'est pas grave un orteil en moins, surtout celui qui souffre tout le temps, tu es né quelques semaines avant terme, tu n'as pas eu le temps de te finir, j'avais tellement hâte que tu arrives, tu ne sais pas ce que c'est que d'attendre un bébé, tu étais gros pour un prématuré, ton père pleurait et s'empiffrait de caramels, son souffle dans mon cou m'écœurait de sucre, mais il avait des bras magnifiques, je l'ai aimé d'abord pour eux, j'avais des éruptions d'urticaire, je m'enduisais d'onguent, j'étais affreuse pour te recevoir, le soleil entrait dans la cuisine, maman voulait que je t'appelle Réjean, ta tante – dont je n'ai plus de nouvelles, qui sait si elle ne s'est pas fait violer, une vieille fille c'est un cadeau pour un voyou –, avait choisi Armand, en souvenir de *La dame aux camélias* ou quelque chose comme ça, mais mon idée était faite, Gaétan c'est vivant, je chantais la chanson de l'accouchement "dilatation–expulsion–délivrance", ma jeunesse s'en allait, j'étais heureuse et triste, je poussais, je poussais, mon ventre était démesuré, j'aimais les robes fourreaux, j'avais peur de toi, tu me jugerais, je te donnerais mes seins à boire, ton père serait jaloux,

c'est idiot les hommes, ce n'est pas beau
mettre au monde, la chair qui déchire, les
odeurs, la sueur et le sang, tout ce linge
souillé, et ta tête tout à coup au milieu
de nulle part, au centre de ma vie, puis
tes épaules, tes fesses, tes pieds, tous en
santé, alors tu parles si un orteil en moins
c'est pas grave, et tu vas pas me faire une
scène parce qu'on t'a circoncis, ton père
l'est, tes oncles le sont, la question ne se
posait même pas, une formalité, avait dit
le docteur, on coupait, c'était rien, c'était
la mode, ça se lave mieux, tu étais si beau
avec ton petit nœud papillon, j'avais peur
que les extraterrestres t'enlèvent, parfois
j'allais vérifier si tu étais en classe, j'aper-
cevais ta tête pleine de rêveries, je m'en-
nuyais à la maison, ton institutrice avait
des lunettes à brillants. »

Mademoiselle St-Laurent portait des
collants épais qui peluchaient. La poudre
de la craie tombait sur ses chaussures
quand elle écrivait Gaétan sur le tableau
noir. J'éprouvais la même démangeaison
dans le pantalon que lorsque je déva-
lais à bicyclette sans les mains la côte à
Burridge.

Le thé a refroidi, maman ramasse les
miettes sur la nappe, ses belles robes dorment dans l'armoire de cèdre.

Je suis sorti, inachevé et mouillé, du sexe béant de ma mère. C'est la première fois que j'y pense.

Riva dira de son vivant, et sans que personne ne lui force la main : « Nous étions bien, parfois, Rimbaud Ringuet et moi. » Peu importe où il se trouvera, il sera blanchi de son incompétence présumée.

La montagne est pelée, les arbres rabougris, les pelouses jaunies. À la télé, les météorologues s'inquiètent : partout ça crie famine, en ville, dans les campagnes. Mais pas chez Poudrette. Chez elle, il y a du vent dans les arbres, il y a du vert sur les feuilles. Les rosiers, outrageusement fournis, grimpent sur la clôture de perches. Des massifs de fleurs colorées comme des danseuses de music-hall bordent la roulotte. Les légumes débordent du jardin. Sur les vignes poussent des raisins qui ressemblent à des pêches.

Poudrette sort de la caravane tel un coup de feu et proclame : « L'été, on ne rompt pas avec quelqu'un, même s'il est moche comme une chouette hulotte. Riva aurait dû savoir qu'un édifice, fût-il de cent mille étages, ne pourra jamais atteindre le ciel. » Rimbaud la regarde, attend la notice de mode d'emploi. Elle répond : « Je ne suis pas confortable. Tu m'as choisie ainsi. Tout est voulu. Plus on remue la boue, et plus elle pue. »

Elle arbore une symphonie de colliers et un chapeau en peau de chat qui rebute Rimbaud. Elle dit : « Je lui devais bien ça. Elle avait quinze ans, aussi bien dire plus de cent ans pour nous. Sois pas senti-mental. C'est ma façon de la garder avec moi. » Elle demande : « Donne ta main. » Rimbaud l'assèche sur son pantalon, la lui tend. Poudrette hausse les sourcils. « Je lis : enfance ballante, morsure de serpent, terreurs antiques, croix de feu, aucune menace de lupus érythémateux, mort digne. Comme disent les Italiens qui s'y connaissent en destinée, qui doit se casser le cou trouve un escalier dans les ténèbres. »

Rimbaud a envie de lui dire : « Aide-moi à prendre souche. » Elle devine sa pensée :

« Si tu me fais un enfant joli un jour, je l'appellerai Petit Corps et je le caresse-rai jusqu'à l'user. Et puis nous irons en vacances dans le désert pour regarder les étoiles mourir. Mon père photographiait les noces et les premières communions. Il y avait toujours du monde à la maison, des robes blanches, des fleurs blanches, des petites filles toutes blanches. Faut que tu te finisses, que tu cesses d'être une ébauche. Arrive dans la lumière une fois pour toutes si tu ne veux pas mourir inachevé. Arrête de te demander pourquoi l'escargot bave. Moi j'étais championne au hulla-loop. J'ai cessé de gagner quand ma mère a jeté mes socquettes roses. Les socquettes roses me rendaient grandiose au hulla-loop. J'ai lu dans la Bible : "Il y a beaucoup de place dans la maison de mon Père." Quand il ne s'est encore rien passé, tout peut survenir. Tu peux casser un verre rien qu'en le regardant ; si tu n'y arrives pas, c'est que tu ne le veux pas assez fort. Ce n'est pas que tu sois beau – la beauté est une courte tyrannie, les sages le savent –, mais tu as la grâce, mon gentil grizzly. »

Et elle s'en retourne dans la roulotte avec ses proverbes et ses consolations, quelques vieux matous en guise de traîne.

J'ai la grâce, tu l'as entendue, n'est-ce pas, Riva ? La grâce. Alors, laisse-moi te servir la scène d'adieu que tu ne m'as pas donné le temps de te jouer. J'arriverai chargé de glaïeuls, ma chemise tiendra droit dans mon pantalon au pli raide comme un petit soldat, je n'aurai pas les mains glacées, je n'aurai pas peur, tu auras mis ta robe de douceur, tes bras de soie, tes bracelets qui chantent sur ma peau. Nous ferons l'amour, ça sera compliqué et délicieux. Tu seras détendue, tu lâcheras un pet aux parfums épicés, toi que je n'ai jamais vue assise sur une toilette.

Nous ferons l'amour, nous aurons des crampes, je pleurerai en regardant la jouissance dans tes yeux. Et je m'en irai, je renoncerai, oui. Car j'ai la grâce.

Dans la baignoire d'eau froide, Rimbaud compte et recompte ses orteils. Il fixe le porte-rouleau, entend le proverbe que Poudrette lui adresse, les mains en cornet autour de la bouche : « Le mille-pattes ne s'arrête pas pour une patte boiteuse. » Il ferme les yeux. C'est lui qu'il voit, bras dorés et ventre blanc. Poudrette a les cheveux défaits. Elle sent les fleurs. La sueur annexe les corps, colle les insectes sur la peau, se mêle aux sucs intimes. Il bande, son pénis joue au petit bateau qui flotte sur l'eau.

Rimbaud ouvre les yeux, les clôt. La vie a disparu. Le silence blanc s'étale à l'infini. Il se frotte les paupières, cligne, essaie de pleurer, mais les larmes restent dans la gorge, ne veulent pas remonter jusqu'aux globes oculaires. Il panique, n'est plus capable de reconstituer les traits du visage de Riva.

C'est ma mère qui paraît – bouche et ongles peints, parfum, mules, chansonnette. Elle chasse de l'avant-bras la buée sur le miroir de l'armoire de toilette, attrape un drap de bain, tire le rideau de la cabine de douche. La honte et la joie m'enveloppent en même temps que la serviette.

Sous prétexte d'un urgent besoin de «mouiller sa laitue», Gaétane, le sang monté au visage, entre dans la salle de bains et se joint à ma mère pour me sécher. Deux oiselles sur une branche affairées.

Je cache avec mes mains mes premiers poils pubiens. Maman embrasse mes cheveux qui dégouttent: «Tu es un homme, mon garçon.» Ce n'est pas vrai, je ne sais même pas siffler; on va me casser la gueule jusqu'à mon enterrement. Gaétane oublie de baisser sa culotte avant d'uriner.

Les oiseaux picorent dans les mangeoires, on dirait des acheteuses dans une boutique de soldes. Poudrette nettoie les chats à grands brocs d'eau savonneuse. Ils rient comme les enfants à la fin des classes pendant qu'ils sèchent, pelotes de poils s'étirant au soleil. Poudrette chante à l'aide d'un mégaphone une comptine que Rimbaud n'arrive pas à mémoriser. «Trois p'tits chats, trois p'tits chats, trois p'tits chats chats chats...»

«Est-ce que je peux? demande Rimbaud en éternuant – maudite allergie – et en tendant la main vers les seins de Poudrette («Prends, ne quête pas», lui aurait dit Roman).

— Pas encore. Faudra tout m'exprimer avant: la colère, l'orgueil, l'ambition. Pas juste le désir, cette pulsion primaire et volatile. T'as les yeux grands comme des mains, c'est bien. J'ai une santé de bûcheron, je suis patiente. Qu'est-ce que ça signifie avoir du bon sexe quand nous sommes nés pour devenir divins? Moi, j'apprends à mes chats à parler. Toi, apprends à épépiner les groseilles, laisse faire le reste, ce sont des coassements de crapauds. Qu'as-tu fait de ta jeunesse? La récolte de l'année dépend du printemps où se font les semailles. Moi, je me souviens des bardanes qui s'accrochaient à mes vêtements et à mes cheveux. Quand tu étais petit, as-tu fait des pâtés de sable, des concours de jets de pipi? Ne me regarde pas comme si je venais d'une tribu à os dans le nez. Ventile tes poumons, échappe aux déterminismes familiaux. Ce n'est pas à toi que je vais apprendre que c'est en parlant que l'on guérit. »

Dans les cours de psychologie à la faculté, le professeur Mellow recommandait : « Dites votre douleur, elle va s'estomper. » De ses études, Rimbaud ne se souvient que d'une matière molle et grise rebondissant sur les murs des amphithéâtres. Les filles portaient des vêtements voyants et ajustés. Elles babillaient, comparaient leurs seins et leurs notes de cours en riant très fort. Lui dormait sur son cartable. Se réveillait quand l'une d'elles revenait des toilettes la jupe coincée dans la culotte. Il disait, mais c'était pareil à un rêve : « Il faut plonger dans l'abîme la tête la première. Sans méthode. » Elles le regardaient de travers, retournaient vite à leur bavardage. Elles obtenaient des A^+, avalaient des choses étonnantes à la cafétéria.

Le mystère des filles.

Il y a un bon petit vent. Sur la corde, devant le tambour, maman étend les sous-vêtements de papa et les miens. Ça me gêne, ils ne sont pas sortis de la machine tout à fait blancs. J'entends le bruit de la poulie. Je lis, ou je respire de la térébenthine, je ne me souviens plus de mon activité. Gaétane chante comme une folle, elle imite les trilles des oiseaux, ils lui répondent, sont pas plus fins. Elle arrête brusquement de chanter, je la vois mettre sa main entre ses cuisses. Et rester là, paralysée, en short trop court. Maman rejette le linge dans la cuve. Elle court vers ma sœur, statue de chair enviable. Je m'en approche. Elle a la main et les jambes rouges. Je me dis qu'elle n'est jamais capable de rester tranquille, de ne pas attirer l'attention. Déjà, sa cicatrice sur la tête qu'elle veut montrer chaque fois à mes amis, qui demandent, farce plate : « Laquelle de tes cicatrices on peut voir ? » Ma mère a une pince à linge dans la bouche. J'ai envie de rire. Elle me foudroie du regard : « C'est pas le temps, là. Rends-toi utile. » J'attrape les pieds de ma sœur, je suis à deux pouces de la chatouiller, ma mère soutient ses épaules, et nous la rentrons dans la maison, la posons sur son lit, dont elle n'émergera que le lendemain. Maman m'avertira : « Ta sœur a des règles difficiles. » Exagérées, quant à moi, rendu utile à quinze ans.

Les écureuils entrent dans le tambour. Mon père regarde la lutte à la télévision, Gaétane fait ses singeries sur la galerie. La voisine, madame Chartier-qui-a-un-seul-sein, tire les rideaux sur l'air de « Pauvre p'tite fille », un air que ma petite famille connaît par cœur. Étendu sur mon lit, la bobette immaculée, j'attends que le bon Dieu vienne me chercher, comme mon oncle de cire les mains jointes sur le satin dans le cercueil, « parti dans ses plus belles années », qui me donnait des dollars américains en baragouinant le français.

Maman revient du centre commercial coiffée, maquillée, décorée. Elle dit: « La même dans un nouvel emballage. » Elle rit beaucoup, ses lèvres sont rouges. Gaétane l'embrasse sur la bouche pour lui voler un peu de couleur. Elles préparent des boulettes de steak haché, elles fredonnent une chanson à la mode, elles se dandinent, les attaches de leur tablier traînent comme des bras ballants. Le tablier sur lequel maman s'essuie les mains avant de s'agenouiller entre Gaétane et moi quand je fixe la frange de passementerie du rideau du salon pour me donner le courage de demander la bénédiction du premier de l'an à mon père.

Une colonie de rongeurs armés de patates hérissées de clous ou de tournevis masqués pousse le carrelage et envahit ma chambre à coucher. Je ne veux pas regarder sous le lit, il y a un trou qui descend jusqu'à l'enfer plein de fourches et de professeurs d'éducation physique. À l'école, j'ai pourtant des anges sur mes dictées, mais des zéros en arithmétique. Dans la cour, le prof d'anglais court, en retenant son toupet, à la rescousse d'un élève ligoté à un arbre et hurle des mots pas de culotte aux plus grands occupés dans une encoignure à calmer le bruit dans leur caleçon.

Maman m'appelle, Gaétane s'est évanouie. Ne pas oublier de me laver les doigts collants avant d'aller cueillir sur le parquet ma sœur qui n'est jamais assez morte à mon goût.

Un chat gris aux cordes vocales atrophiées, mis en pénitence par Poudrette pour avoir handicapé un campagnol, ronchonne, puis se cache le nez dans l'orbe de sa queue. Les autres dorment où ils peuvent, attrapant d'une patte molle un maringouin étourdi par le chant des grillons.

Elle souhaitait rencontrer Roman, l'ami de Rimbaud. Elle les a convoqués tous les deux à un dîner aux flambeaux sous la tonnelle couverte de glycine. Les arbres froufroutent. Les odeurs sont harmonieuses, Roman a mis du sien. Une douzaine de chats se sont blottis dans sa brouette. La table est dressée comme dans les magazines, avec une multitude de verres et de fourchettes.

Poudrette présente encore, malgré les soins apportés à s'en défaire, des manières de bourgeoise. Quand elle caresse la petite croix qui pend au bout de la chaîne en or. Quand elle bâille en posant une main devant la bouche. Sous les accoutrements, Rimbaud devine un corps habitué aux belles étoffes, une élégance gracile qu'elle s'ingénie à molester. Il se la représente experte en usage des couverts, habituée au train d'une maison, habile à régenter des domestiques. Dans le salon à kilims et à mobilier Louis Machin, il la voit manier la pince à sucre qui brille dans le plateau du service à thé. Il lui demandera à quoi s'occupait son mari. Elle répondra, va savoir, par une maxime, « La suie sur le toit appartient au maître de la case» ou «Seuls le pot et la cuiller savent ce que le pot contient», ou encore, plus simplement, «C'était un mari», et Rimbaud ne s'en trouvera pas plus informé.

Poudrette jette des étincelles dans le silence: «Louis XVI connut sa femme après sept ans de mariage, vous rendez-vous compte? Dans les zoos, on lance des vaches vivantes aux lions. Il ne faut pas tant regarder ce que l'on mange qu'avec qui l'on mange.»

Modérément intéressé par les propos de l'hôtesse, Roman se concentre essentiellement sur ce qui décore son assiette: un paquet brun-rose avec des nerfs apparents et deux appendices qui ressemblent à de petites oreilles.

«C'est trop cuit», s'excuse Poudrette, qui ajoute: «Vous pouvez dompter un crocodile si vous le voulez.»

Roman demande à Poudrette, qui se débrouille en experte avec l'appareil brun-rose, sauce verte:

«Ça vous fait combien de chats? Sont-ils tous esquintés?

— Ils ont souffert du manque d'amour. Ils sont chez moi en réadaptation. Comme les raisins prient pour la santé du cep, j'aimerais vous dire pour vous faire plaisir qu'ils sont solidaires de votre handicap, mais c'est pour votre eau de toilette ou les poils qui sortent de votre camisole qu'ils en crèvent, les pauvres choux. L'amour parle, même à lèvres closes. »

Rimbaud, qui n'a pas eu le temps d'expliquer à Roman que Poudrette s'exprimait par langage codé, s'est couché dans l'herbe, a défait la ceinture de son pantalon trop chaud qui lui enflamme la face interne des cuisses. Les mains sur les yeux pour calmer le roulis que le vin a provoqué, il laisse entrer la brutalité du silence et rêve de se métamorphoser en morceau de tourbe, là où le désespoir ne pousse sûrement pas.

Poudrette va mettre un disque dans la caravane. Une voix qui fait l'effet d'une petite laine sur les épaules envahit l'espace. Le son grésille, les moustiques forniquent.

Enfant, je me tiens dans le couloir, entre la cuisine et le salon, sur la clôture en somme, entre le camp des hommes et le camp des femmes. Si j'avais le choix, j'opterais pour le groupe des femmes, que marquent les criailleries et les murmures, les éclats de voix ou de rire et le schloump des biscuits trempés dans le café. Elles se coupent la parole en chroniquant la semaine. Je surprends des mots qui se chuchotent, tels « dépression » et « grande opération ».

Dans le salon, la fatigue quitte le corps des hommes à mesure que la bière y entre et les pensées floconnent sans qu'elles trouvent le moyen de se transformer en paroles. Les bocks s'entrechoquent. Des odeurs âcres me montent aux narines, comme si les hommes prenaient de l'avance sur leur décomposition.

J'appréhende le moment où ma mère, belle à poser dans les écoles de peinture, toujours moulée dans des robes insensées qui la font suivre dans la rue, entrera dans le salon enfumé, coupera le son de la télé, jettera un châle sur les abat-jour, poussera la table basse sur laquelle trônent ramequins de cacahuètes, dérouillera le tourne-disque puis lancera, en bougeant les hanches : « Assez bu, maintenant on danse. » Danser, je ne saurai jamais. Je marche sur les pieds des femmes. Mon carnet de bal n'est pas fameux.

Sans se soucier des convives, papa entraîne maman dans des figures de danse évoquant tour à tour la souque-à-la-corde et le ski alpin. La visite rapaille manteaux, sacs à main, parts de pouding chômeur sous papier ciré, et chausse les bottes qui ont séché contre la truie dans le tambour. La porte s'ouvre en lâchant le cri d'un vieillard qu'on pince et laisse entrer le bras poudré de l'hiver sans que papa et maman se soient détachés dans le salon. Je les regarde et j'ai peur de vivre.

Je monte me coucher, excité et gêné d'avoir vu mes parents ainsi encastrés, me retenant de réveiller Gaétane (qui ne veut jamais s'endormir de peur que la vie s'arrête) pour lui annoncer, à la suite de à ce que j'ai vu, la venue prochaine d'un petit frère. Elle dort à poings fermés sur les tourments à venir, et je suis comme barbouillé d'un secret que j'aurais voulu partager sur-le-champ, tout à la fatuité d'en savoir plus qu'elle sur les choses de la vie et de la sexualité, quoique incapable de les nommer. «Tu es avancé pour ton âge», me dit ma tante Dorina, mais elle ne me félicite pas, c'est sa façon de me prévenir du saccage.

«L'enfance est un corridor triste, annonce Poudrette en s'allongeant près de Rimbaud. Les cicatrices mal refermées rouvrent de temps à autre. Tu vois, avril et mai font la farine de toute l'année. Quand nous serons morts, l'alouette continuera de tirelirer et la mésange de titiner.»

Roman ronfle dans sa brouette. Une larme tremble au bord de la paupière de Rimbaud. Coulera, coulera pas ? Poudrette dit :

« Pour chaque brin d'herbe, il y a de la rosée. C'est une pensée chinoise. »

C'est samedi-pas-de-souci. Il fait beau, il a le cafard. Une migraine ophtalmique l'oblige à s'étendre. Enfant, il se couchait parfois dans le lit de sa sœur. Il collait son front sur le dos de Gaétane et lui tripotait les fesses. Le mal s'en allait.

Poudrette a les mains douées pour démêler les poils. Rimbaud envie les chats de Poudrette. Leur fourrure tendre, leur indépendance, leurs sept vies, leurs actions concrètes : mordiller, griffer, faire le dos rond, décortiquer un mulot, se nettoyer la queue. Aimer, réfléchir, discerner, choisir, c'est ardu.

Voudrait se faire caresser l'échine par Poudrette, s'installer sur ses cuisses jusqu'à toujours, lui lécher la main et les joues et les seins, tripler de volume quand un pareil guignerait sa place. Voudrait lui rapporter des têtes chaudes d'oiseaux, sourire avec ses petites dents acérées, s'étirer jusqu'à tenir debout tout seul comme un grand frisson, minauder, ronronner.

Voudrait se faire caresser l'échine par Poudrette. De la complicité qu'elle tisse avec ses chats, Rimbaud se sent exclu comme d'une réunion de francs-maçons.

Sous la tonnelle, Poudrette tricote des chausse-petons. Rimbaud la regarde, le réservoir des larmes prêt à se vidanger au moindre signe. Des petites vies viennent s'éteindre sur la lanterne ; ça crépite, puis ça se tait, sachant que la révolte est inutile. Une guêpe danse au-dessus des cerises dans la tasse ébréchée.

Il fait un temps à ce que la nuit ne tombe jamais. Pourtant les étoiles ont déjà pris leur place dans le ciel.

Les poils repoussent tranquillement sur les jambes de Poudrette ; les sandales ont laissé des souvenirs pourpres sur l'arcade transversale de ses pieds. Il y a un peu de saleté dans son nombril. Ses seins forcent le bouton qui retient le chemisier attaché. Rimbaud se régale de sa beauté baroque.

« Je ne suis pas à vendre ni à peindre, dit Poudrette. Alors, regarde en toi. Et s'il te plaît, pas de "Faut qu'on se parle". »

Poudrette tricote des chausse-petons et, brusquement – une affaire de tonalité –, la vie se retire, voûte les dos. Rimbaud transpire, des aisselles à la raie. Il ruisselle, le dessus de ses lèvres luit.

« Tu m'encombres », lance Poudrette à Rimbaud qui s'est emmêlé les pieds dans les écheveaux de laine. Il ressent une douleur dans la poitrine qui l'empêche de se mouvoir dans l'espace. Il pense s'évanouir (vas-y, fais comme ta sœur), mais le sang remonte à la tête, et les choses floues reviennent au foyer. Elle, d'abord, qui dit sans quitter des yeux son tricot :

« Les mots n'appartiennent pas à Riva.

— Ceux-là, tout de même, c'est de la digitaline, rétorque Rimbaud, qui s'étonne de parler.

— Les paroles douces mentent. Je ne suis pas là pour rien. »

Pendant que Rimbaud se demande si ça marche toujours en formules dans la tête de Poudrette, la nuit en profite pour venir fermer son poing sur la pergola. En regardant la cime d'un chêne, Poudrette prie, c'est du moins l'impression qu'elle donne avec ses mains jointes et son air concentré :

« N'ambitionnez pas sur mes capacités. La plus belle fille de Paris ne donne que ce qu'elle a. »

«Je peux dormir ici? finit par demander Rimbaud, en montrant une méridienne en osier essoufflé qui ne finira pas l'été.

— Bien sûr que non», réplique Poudrette.

En partant, il arrache des branches aux arbres du jardin. Dans le sous-bois l'attendent ses ombres. Il tape dans les taupinières et s'assoit sur un tronc de chêne moussu. Avec son Opinel, il s'entaille de petites veines pour voir si au clair de lune le sang l'émerveille. Il dit «Riva», il dit «Poudrette», il dit «Gaétan» et il pleure doucement en suçant le sang à son poignet.

Poudrette a seulement dit: «Tu veux le bien, mais tu le fais mal.» Rimbaud en a marre de ses sentences à l'emporte-pièce. Il n'a même pas su la convaincre que ce n'était pas lui qui avait égorgé les trois chats et les avait pendus aux arbres.

Alors, il débarque, effaré, migraineux, chez Roman qui lui demande:

«Pis la convalescence de l'assisté affectif? Toujours gras dur dans ta mélasse? Si je pouvais, je te botterais le cul. Mais j'ai pas beaucoup de temps. Marcina sera là bientôt. Elle fait le ménage, suce un peu ma graine. Quand je saupoudre ma queue de cocaïne, elle est plus accommodante. Quand je lui force la main, elle réagit aussi sec. D'où l'estafilade au menton. »

Si au moins Poudrette l'avait griffé, Rimbaud ne saignerait pas pour rien (a-t-on vraiment besoin de stigmates pour se rappeler pourquoi on souffre ?). Dans une poussette d'enfant, il remarque une photo de Roman avec Riva, enlacés sous un ciel bleu, qu'il n'avait jamais vue auparavant.

« N'imagine rien, c'est toi qui l'as prise », précise Roman, qui surprend son regard et se verse dans un verre à moutarde maculé de rose à lèvres une substance de très mauvais teint. « T'en veux ? Concoction aphrodisiaque ! »

Rimbaud écoute Roman du mieux qu'il peut, mais ne trouve rien à lui dire en échange. Il se demande si sa langue bouge toujours. Elle a dû déserter sa bouche, emportant avec elle tous les mots qu'il a mis du temps à apprivoiser.

« T'as un bœuf sur la langue, ou quoi ? lui demande Roman. Qu'est-ce qu'il y a ?

— Je suis ja-loux d'une qua-ran-taine de ma-tous, arrive à prononcer Rimbaud comme s'il extirpait les mots au forceps.

— Et alors ? T'as pas le monopole de la jalousie. Tu devrais prendre du Prozac, ou de la méthadone, ou la clé des… »

Spectacle à la porte d'entrée : une femme, aimée par l'été, paraît avec le bruit de la rue en auréole. Elle a les épaules semées de son. Sa vie semble se péter les bretelles.

« L'ascenseur est en panne, aspartame ! lance-t-elle en jetant sac et mules. Quelle catastrophe chez toi !

— Tu connais Rimbaud ? lui demande Roman avec une mine qui ne trompe personne : son sexe est déjà sorti de sa niche.

— Je ne crois pas, dit-elle. Salut, je m'appelle Marcina. »

Rimbaud se jetterait sous le canapé s'il ne craignait pas d'y trouver des moutons à deux têtes. « Je ne crois pas », a-t-elle dit. « Je ne crois pas. » Elle l'avait pourtant scruté jusqu'au squelette quand Roman la lui avait présentée il y a quelques semaines.

Personne ne se souvient de moi, pense Rimbaud. Il quitte l'appartement sans prendre la peine d'articuler le moindre « Je pars, à bientôt ». Il sait bien que Roman, qui reluque les fesses de Marcina, ne s'apercevra pas de son départ. Ils s'en apercevront bien un jour, conclut-il dans un zèle d'optimisme tempéré par la fiente d'un pigeon noceur qu'il reçoit sur la tête en sortant de l'édifice.

Il connaît la suite, Roman la lui a racontée si souvent. Ses ornements d'amour débordant des dessous de cuir, Marcina fait tourbillonner la serpillière, et Roman demande :

« Pour qui le p'tit corps rosé osé ?

— Pour tes bibelots de Babel », répond Marcina.

Roman aura un rire de bedeau bandé et une rosée chaude emplira son slip. Les cris de la jouissance sonnent jusque dans les oreilles de Rimbaud, engourdi derrière le volant de son cabriolet. Où aller quand personne ne veut de soi ? Emprunter la route la plus sinueuse et rouler, rouler, jusqu'à ce que la bombe explose dans son ventre et arrange ce qui s'y trouve de compliqué.

Ils sont tous dans la voiture – chaudron brûlant, pas un pouce d'air. Même Manuel, le maître nageur, qui cherche son sifflet dans le maillot de Riva. Perrette Ricard frotte la plaque nominative de Kurt Steinman. Roman, hilare, participe avec d'autres culs-de-jatte à un concours de pets enflammés. Poudrette monte en couronne des têtes de chats. Sanglée dans son lit, Gaétane parle en dormant et les oiseaux viennent se briser contre les vitres. Maman pratique le tango avec tante Dorina qui ne veut pas jouer le rôle de l'homme. Papa, en tricot de corps, tire au poignet avec le contremaître de l'usine, un Chinois souffrant des séquelles de la poliomyélite qui lui font traîner la jambe. Riva, miraculeuse en string, a les mains sur les hanches comme une commère sur le pas de la porte, sauf qu'elle sent les agrumes, que ses seins sont hâlés et qu'elle s'adresse à un interlocuteur dont je ne vois que la cigarette et les bouts fleuris des derbys.

Bien sûr que je ne tuerai pas Riva, je n'ai pas les biceps de mon père. J'ai peur du sang et des armes à feu. Je resterai une petite nature battant des cils pour une fillette aux cheveux épais qui saute à la corde. Je serai une particule dans la foule, une virgule dans le dictionnaire de mon père. Je reprendrai ce prénom que j'exècre, Gaétan – être un autre ne m'a pas réussi –, je n'aurai plus d'illusions. Je serai seul avec ma peur de mourir quand la tension est à son pic dans les testicules.

Je ne retournerai plus au bureau. Je caresserai la tête de Gaétane et j'embrasserai la peau de Babeth, si cela peut leur faire du bien. Je ne serai plus le pendentif de personne. Je ne pleurerai plus.

Je sors de la voiture, la fureur de la ville m'agresse. Une camionnette haut perchée cherche à me happer. Au milieu des tôles froissées, je me regarde ramasser mes morceaux sur la chaussée et les recoller à mon tronc.

La pluie, bouillante, colle la chemise sur les reins. Rimbaud entre dans un café. L'air conditionné arrache la gorge. On lui ordonne de patienter, on n'a pas que ça à faire. Rimbaud se demande ce que les autres voient quand ils le regardent. Je vais te le dire ce qu'ils voient: une face apeurée, des cheveux coiffés comme un dessous de bras et un ventre que tu as de plus en plus de mal à rentrer. Mais tu as la grâce, ne l'oublie pas.

On me désigne une table, entre deux patères où les cirés dégoulinent, sous un haut-parleur qui ne reproduit que les sons aigus. La musique n'éteint pas le bruit de ceux qui veulent exister, se cogner les uns contre les autres pour se visser si possible.

Les habits sont froissés, les foies chargés des aigreurs de la journée. Des hommes et des femmes, incapables d'arrêter la pluie et la solitude qui crie à tue-tête, parlent les uns par-dessus les autres, et les sandwiches qui se défont dans les bouches tombent dans l'estomac comme des boules de pathologies prochaines. Malgré moi, je les épie par le trou de la serrure. J'écoute aux tables.

Une bourrasque traverse la salle, suivie du sifflet d'une locomotive. Cela a duré une seconde. Les clients se regardent, éberlués. Certains, poussés par le vent, ont changé de place.

« J'ai le droit de bouder, de t'en vouloir même si tu n'as rien fait, tu ne fais jamais rien, j'ai raison de bougonner. L'amour ça ne s'assied jamais », dit Poudrette, que je n'ai pas vue venir, qui vient d'ailleurs, peut-être, de se matérialiser devant moi, ce ne serait pas son premier tour de magie, et qui, bien sûr, ne prend pas le temps de s'asseoir sur la banquette. Elle m'embrasse dans la bouche, les dents claquent de surprise. Puis elle part en faisant du vent, son béret en tarte sur le crâne. Dans la rue, son parapluie se retourne, mais pas elle.

Poudrette m'a embrassé, Riva s'éloigne. « Poudrette m'a embrassé, Riva s'éloigne. »

Je le répète, et me pince, pour en être sûr. C'est vrai, le visage de Riva, son corps, sa voix, son prénom s'estompent, avec le temps tout s'en va. La musique repart, les conversations reprennent, le garçon est même là, entre les deux patères : « Pour vous, ça sera ? »

Je commande un canon de rouge et un croque-madame, défripe le journal qu'un client a abandonné sur la table voisine, pose mes propres titres sur la première page : « Poudrette, la sorcière aux chats », « Rimbaud, l'homme inachevé ».

Debout, au comptoir, une femme dans un imper trop grand, mèches grasses dans le cou, avale des cigarettes et chante *La chanson des vieux amants. Bien sûr, nous eûmes des orages.* Nous ne sommes pas beaux à voir quand nous faisons l'amour. *Il faut bien que le corps exulte.*

Entre les deux patères, je n'ai pas remarqué que la pluie avait cessé et que le soleil avait remis sa grosse face dans le ciel.

Gaie comme un mulot dans un cimetière, chantant des paroles qu'elle invente à mesure, Poudrette plie des napperons en toile de coton – brodés aux prénoms de Framboise, Amphétamine, Layette, Globule et Ivraie, «mes matounes, mes enceintes».

Elle me dit en massant les cals de ses talons: «Je t'ai embrassé parce que je ne suis pas rancunière. Je sais que tu n'as pas pendu les trois chats, c'était une épreuve pour nous deux, il en faut. Après les funérailles, j'ai sacrifié quelques souris pour le buffet des chats et j'ai pleuré sous ma voilette. Méfie-toi des gens qui sourient tout le temps.»

Je chasse les moustiques en faisant de grands moulinets des deux bras. Poudrette continue: «J'ai vu ton ami, Roman. Il m'a invitée, en désignant son sexe, à venir "embrasser la famille". Il me plaît, malgré son café soluble et sa brouette crottée. Sous ma promesse de ne pas te le répéter, il m'a dit que Riva n'aimait que les hommes grossiers et brutaux. Je t'ai trouvé un embauchoir en cuivre. Une pièce rare pour ta collection. On ne s'émeut pas de ce qui est fréquent.»

Le soleil percute son maillot de bain de lamé, allume des petits feux d'or qui excitent la ménagerie. Les chats rôdent, parfumés d'amour. Je respire normalement; pas d'écoulement nasal, aucune réaction cutanée. Poudrette fait mine de s'asseoir sur l'arroseur automatique. « Il n'y a plus rien à inventer en matière de sexualité. Les Arabes disent que même si tu es fille de sultan, tu finiras par te trouver au-dessous d'un homme. » Elle a la peau tellement blanche qu'elle paraît bleue. L'eau tournoie, balaie ses jets de bonne humeur ; les brins d'herbe dansent sous la pluie. Elle attrape des abeilles avec la main. Elle parle aux arbres. Elle est attirante. Elle dit : « Viens te rafraîchir au lieu de penser à moi. » Pas question de me dévêtir : je suis attifé de ce sous-vêtement ridicule avec une trompe d'éléphant sur la braguette.

Poudrette perçoit le malaise, allège l'atmosphère : « C'est donc que tu possèdes un corps et que tu t'en préoccupes. Bonne nouvelle. Moi qui croyais que tu n'avais que des glandes lacrymales et des allergies. » La boule explose sans me prévenir, remue mes entrailles dans tous les sens. Et un grand rire à en crever remonte de mon enfance et s'empare de tous mes membres. Poudrette dit : « Je n'avais jamais entendu ton rire. Pourtant je crois t'avoir donné beaucoup d'occasions de le faire jaillir. »

Sur-le-champ je baisserais son maillot au-dessous de la poitrine. Elle me dirait (attends, laisse-moi deviner) : « Ce qui est différé n'est pas perdu. » Et moi, pour une fois vite sur mes patins, je répondrais : « C'est de remettre à demain qui a fait perdre sa queue à la grenouille. » Regarde, Pépée, je libère tes seins de leur cage, je leur parle pendant que mes doigts entrent dans ta culotte. Je suis un bon amant avec de l'imagination sur le bout de la langue.

Poudrette casse ma rêverie en disant, et je jurerais entendre ma voix : « Vouloir réaliser un fantasme c'est comme boire l'essence de la voiture au lieu de voyager. Un psychiatre l'a dit tel quel à la télé. » J'ai aussi entendu le spécialiste, mais ce qui m'a frappé, c'est les deux chandails qu'il avait enfilés l'un sur l'autre. Ils ont froid, les spécialistes. Poudrette claque ses doigts comme des castagnettes : « Fort est qui abat, plus fort est qui se relève. »

Elle s'enveloppe dans un drap de bain, jette sa tête loin en arrière, puis avance jambes fléchies, glissant son corps sous un fil imaginaire. « Le concours de limbo, sur la Place des caravanes, ne me prendra pas par surprise. » La serviette bâille, j'aperçois le sexe. Je sens mes mains, mes jambes, mon cœur s'animer de conserve avec mon pénis. Je m'émerveille de les savoir vivants. Poudrette dit : « Viens, là. Approche. »

Et Riva apparaît. Elle est belle, le soleil dessine des effets pas possibles dans ses cheveux. J'entre sous sa robe, les coutures ne cèdent pas. Mes ongles sont peints, mes lèvres rouges. Nos poitrines battent à l'unisson dans le même décolleté. Je lui ressemble. Elle dit : « Tu fais une jolie femme », je dis merci, toi aussi. Elle sent le bonheur et les mûres. Elle m'embrasse sur la joue, puis s'en va. Je lui pardonne, ses *smoked meat* sont les meilleurs.

J'ai signé les papiers avec maman. Je suffoque dans l'odeur des couronnes mortuaires. Au salon, les oncles et les tantes ont rapproché les sièges pour créer un demi-cercle. Mis au trou, mon père n'attend plus rien de moi, mais son haleine, soudain, me manque.

La main de mon père retenant son chapeau, son manteau soulevé par le vent et moi, petit, niché entre ses jambes, la tête contre sa verge. La place du fils, attaché au piquet, aimant son père, voulant le tuer.

Il aurait fallu des pinces de désincarcération pour l'extirper de son fauteuil à oreillettes quand il écoutait chanter le crooner aux yeux pervenche qui avait une voix masseuse et des mains qui tapotaient les épaules des maffiosi. Mon père voulait que rien ne vienne troubler sa paix quotidienne : le défilé des bonbons sur le tapis roulant, le tablier sur les hanches de maman, la tête nord-est sur l'oreiller. Chaque soir, dans un cahier à spirales, il transcrivait la définition de cinq mots choisis dans le dictionnaire qu'il s'appliquait à utiliser dès le lendemain.

Il entrait dans nos chambres avec ses becs et son odeur de bonbon acide. Ses dents pourrissaient jusqu'à la racine ; elles tomberaient toutes après la première hospitalisation de Gaétane, et les mots lui viendraient moins facilement, comme entravés dans la gorge, le dictionnaire n'étant d'aucune utilité pour faire repousser les dents.

Il se versait un verre pour l'« endormitoire » – bientôt il se verserait de nombreux verres qui étrangement l'empêcheraient de dormir –, il disait des mots doux et savants à maman dont le rire emplissait la maison, ricochait sur mon lit et tenait mes peurs à distance.

C'était au temps où, à califourchon sur les reins de mon père, je voyais la calvitie gagner du terrain sur son occiput sans penser qu'elle dégarnirait un jour le mien. Je vidais le chargeur de mon pistolet à grenaille entre les omoplates de mon cheval. Pow, pow, il est mort au milieu du salon.

L'été ne finira-t-il donc jamais? Fin septembre, la canicule persiste: « T'as pas voulu écouter les experts, croire au dérèglement annoncé? Tu t'es fiché de la planète, bien elle se venge. C'est pas assez? Attends voir, tu m'en reparleras. Si je possédais le contrôle, je te jure que je baisserais le gradateur. Tout le monde, même les enfants, souffre de la chaleur et développe des boutons dans des endroits très curieux. Par contre, avec Poudrette, mystère! On pourrait monter la fournaise de 50 degrés, qu'elle soit nue ou avec ses montagnes de pelures, rien de nous ne l'incommode. »

Moi, Gaétan-Rimbaud Ringuet, sais que Poudrette Pigalle n'a ni chaud ni froid, qu'elle fait croître des géraniums en plastique, qu'elle tient la lumière dans ses mains et qu'elle connaît des tas de maximes qui guérissent les peines d'amour.

Dans sa caravane stationnée en fraude dans des villes neuves, elle et moi copulerons sous les vibrisses des chats. Je n'aurai même plus besoin de me gargariser d'antihistaminique pour ne pas avoir les yeux en feu. Nos corps veilleront jusqu'à tard dans la nuit.

Je lui dirai, demain, dès que je la verrai : « S'il le faut, Pépée, pour arriver jusqu'à toi, je rentrerai par la chatière. » Elle portera la nuisette bleu ciel qui excite tant les matous.

Quand j'ai préparé ma valise qui sentait la naphtaline – les chemises et les slips roulés en boule contre la petite trousse à pharmacie et l'embauchoir en cuivre emporté pour la chance – m'est revenue cette phrase de ma mère : « Noël approche, c'est le temps de vivre. »

C'est le temps de vivre, Poudrette.

L'eau me pisse en rigole sous les bras. Je flageole, m'empêtre dans l'ourlet de mon pantalon. J'ai du mal à avancer, l'herbe est haute, n'a jamais été fauchée. Je reconnais les arbres et les ronces, le jacassement des feuilles, le chant de la vermine, mais je ne vois pas la tonnelle, ni la véranda. Où est la roulotte ?

Ce n'est pas vrai, mes yeux ont la berlue ; il n'y a plus de souris, plus de chats, plus de Poudrette. Volatilisés. Hier même elle disait, en caressant un chat noir à cache-œil blanc : « Tu me vois partir avec mon équipage poilu ? Mais toi, tu le peux, seul et sans laisser d'adresse. » Elle avait ajouté avec ce sourire qui me mettait dans tous mes états : « N'attends jamais que quelqu'un légitime ton existence. Va-t'en, émancipe-toi, jette les dés au hasard sans te demander où te mèneront tes pas. Et ne regrette pas, surtout, ce que tu n'as pas vécu mais que tu as pensé vivre. »

Surgi comme une souche avec des branches craquant tout autour et des odeurs violentes de gueules pourries qui montent de la terre, un homme semble regarder la rivière. Sous ses pieds le foin tassé bavarde. Il dit sans se retourner : « Ben oui, c'est comme j'y disais, ça part ben vite le monde, croyez-en m'en, mais jamais vu dans les parages la queue d'un chat, encore moins d'une dame. »

Dans sa voix, je reconnais le grain, les inflexions de Poudrette. Je me passe la réflexion : Il l'a mangée, il est en train de la digérer. Je l'entends même prononcer : « J'l'aimais tellement, je m'en suis servi une tranche. » Pourtant le vieillard qui s'éloigne, et avec lui, comme aspirés, tous les signes de l'été, ne fait que répéter comme un mantra : « L'temps est tendre, suffit d's'étendre. »

Assis sous le casque d'un orme, tenant par la poignée ma petite valise, je ressens une bise entre les omoplates et je m'étonne de ne pas pleurer. Un chat avec une oreille cassée, voyou sur les bords, me dévisage comme si je le connaissais. Je le siffle, il hésite. «Viens, là. Approche.» Une paire de chausse-petons se balance sur une branche.